O —

editora Urutau

rua do cajú, 478,
jardim das cerejeiras
06724-015
cotia-sp (brasil)

avenida peirao besada, 6 – 2D
36163 poio-pontevedra
(espanha)

[+34] 644 951 354 [espanha]
[+55] 11 9 4859 2 426 [brasil]

www.editoraurutau.com.br
contato@editoraurutau.com.br

[EDITORES]
tiago fabris rendelli & wladimir vaz
[COORDENAÇÃO DE REVISÃO]
debora ribeiro rendelli
[REVISÃO]
marcella sarubi
[DIAGRAMAÇÃO]
victor h. azevedo
[CAPA]
fotografia de girl with red hat

dados internacionais de catalogação na publicação (CIP) de acordo com ISBD

C268s
cardoso, fellipe fernandes f.
sem mim não há dia / fellipe fernandes f. cardoso. - cotia : editora urutau, 2023. 212 p. ; 14cm x 22cm.

ISBN: 978-65-5900-444-7

1. literatura brasileira. 2. prosa. I. título.

2023-365
CDD 869.985
CDU 821.134.3(81)

elaborado por odilio hilario moreira junior - CRB-8/9949

SEM MIM NÃO HÁ DIA

FELLIPE FERNANDES F. CARDOSO

[primeira edição]
URUTAU
fevereiro de 2023

[prefácio]

> *É difícil perder-se. É tão difícil que provavelmente arrumarei depressa um modo de me achar, mesmo que achar-me seja de novo a mentira de que vivo.*
>
> Clarice Lispector

Prezados leitores, fiquem avisados! Este não é um livro fácil de ser lido, especialmente por aqueles que entendem o que é perder-se de si mesmo, aqueles que já habitaram o mudo desespero de não saber mais como continuar. *Sem mim não há dia* é uma obra que fala sobre aquela senda que dilacera o nosso Ser ao meio e que não nos permite, a não ser por breves e raros lampejos, alcançar a sensação de plenitude e felicidade. É uma obra sobre ver-se cotidianamente, dia após dia, minuto a minuto, *tic-tac tic-tac*, impelido a pular de um precipício que muitas vezes não sabemos nomear e do qual não conseguimos escapar.

Como um bom goiano contador de histórias, Fellipe Fernandes F. Cardoso tem notório saber em tecer sobre a vida das pessoas. É assim que nos enreda nas tramas de F., um homem de trinta e tantos anos que, um dia, sem qualquer aviso prévio, acorda cego e sem movimentos. Nesse estado quase vegetativo, submetido aos cuidados dos outros para ter suas necessidades mais básicas atendidas, as únicas coisas que lhe restam são as palavras e os pensamentos, por meio dos quais F. nos apresenta o universo muito próprio de alguém que, desde muito jovem, encara seu abismo interno e vê-se incapaz de encontrar a si mesmo, nem mesmo em meio às mentiras que conta para dar sentido a sua própria vida.

Percorrendo acontecimentos e sentimentos que imbricam passado, presente e futuro, F. entrelaça dores e amores que revelam, muitas vezes de forma sutil, como o fino, porém denso, véu da depressão sempre esteve presente em sua vida, pesando sobre o que sente e, principalmente, sobre o que se percebe incapaz de sentir. Na situação atípica em que se encontra, sem qualquer possibilidade de controle sobre sua própria existência, coloca-se a ponderar suas ações, suas escolhas, suas relações, mostrando-se completamente consciente das alternativas que lhe restam para finalmente Ser em si mesmo.

Confesso que esta foi, em vários momentos, uma leitura angustiante. O narrador é muito real para quem, em qualquer momento de sua vida, teve que lidar com a depressão. E, mais ainda, ele fala o que muitas vezes fica entalado em nossas gargantas quando sentimos medo de magoar as pessoas queridas que não compreendem a profundidade do abismo que Somos. Talvez os espíritos mais incautos, ao chegarem ao fim desta obra, acreditem que ela é uma peça exagerada, *quiçá melodramática,* sobre um homem que não quis aprender a ser feliz. Mas quem encara ou já encarou esse precipício pessoal entenderá a profundeza com que F. sente e por que sua alma se dilacera ao ser incapaz de se achar.

A mim, F. disse muito. Disse muito sobre F. Disse muito sobre Fellipe. Disse muito sobre Lorena.

Lorena Borges
Doutora em linguística

Para Alex: que me navega sem bússola.

Para Pedro: como se eu atendesse, por fim,
ao telefone.

1.

A noite, lambendo o toque frio dos lençóis, roubou os movimentos do meu corpo e desceu-me sobre as vistas ainda protegidas pelo sono.

Deixou uma mancha em minha cama, como se tivesse me sujado de descontrole. Uma cortina que dança ao vento. Ao meu lado esquerdo, a paciência de meu marido, que suporta a insistência do desvio de seu septo. Ao direito, o abismo da ilusão do chão de minha casa. Deveria pisar a terra, mas não consigo.

Pelo frescor do silêncio, acredito ainda ser madrugada. Se olhasse o relógio, até poderia acreditar que quase fosse dia. Pressinto o amanhecer. É estranho recolher o bruto sabor de estar estirado na insensatez do ser. A mansidão das expectativas abrasa a certeza das horas gastas com as tantas outras coisas que não sou, não fui. Se sou, não sei do grão. Agora, destoo no musgo da planta dos pés, num caminho debaixo de uma ideia de sol que não sabe, realmente, se está lá, apesar do calor.

A visão, como um claro desagravo, emoldurada pela poliomielite dos sonhos, e a alma coberta pela manta de poeira do cascalho que remoo dos ossos, do joelho bambo da vida, fazem eco num choro que não vem. Nem a água há de diluir o sal que corrói o alcance do olho. Sinto o intoxicar do meu corpo com a dor que me finca a bexiga. Preciso ir ao banheiro, que está onde sempre esteve, mas tão distante quanto a promessa de esculpir o futuro. Deus faz da minha vida um desenho cego infantil que alguns adultos chamam de arte.

Deveria pisar a terra, em procissão, rachar o desvalor em mim. Sou humano, preciso derramar urina e lágrimas. Você talvez diga que sou apenas mais um. Se o fosse, bastava me levantar no lusco-fusco de mais um dia e repetir o gesto. Segurar com uma mão e jogar fora as necessidades do dia anterior. Somos tanta água que não a suportamos. O que nos endurece desaparece nas noites, quando morremos brevemente sem esperança de renascer, ainda que o demos como algo certo.

No entanto, como o pão, tenho amassado um dia de cada vez. Hoje, sinto que estou abandonado dentro de mim, fechado na morbidez do esforço que é escalar essa ladeira da existência. Não sei se ainda durmo e sonho, ou se vivo num sonho de um sono perpétuo esgotador, que afasta a agonia de entender por que tudo soa raso à beira de um buraco que tudo traga. Se estivesse sonhando, seria capaz de amar outras possibilidades.

Tento mover um braço. Penso sentir meu pé escapar para fora da coberta, sem que nada tenha, de fato, acontecido. Sei que estou com os olhos abertos, as pálpebras — talvez por sobrevivência — são a única coisa que se movem em mim. Se fosse para morrer, estaria de olhos estatelados, como se pedisse que me decifrassem ao que os encarasse na primeira oportunidade que tivessem.

Testo a voz. Ela está aqui, ainda que soe pouco autêntica. Pareço ser eu, mas é proforma. Item de série. Não a escolhi. Se a moldei, foi pensando nos ouvidos que a receberiam, não relutando em deixá-la ser o que precisasse para se encorpar. Muitas coisas pelo trajeto vão pedindo explicação, que nos desesperam ao clamar sentido. A ostentação do ser: Eu.

Se pudesse, veria um livro na mesa de cabeceira. Se a cegueira permanecer, sinto já o desgosto em saber que as releituras serão sujas pela flacidez das lembranças. Diadorim presa em sua mentira. Saramago disse que "Deus só necessita do ser humano para continuar sendo Deus". Tive já tantas crenças, amparado por uma relação divina incondicional e correspondente. Mas o que Ele tanto sabe que já não soubesse eu também?

Estou cansado desse cósmico maiúsculo, intocável, reflexo da perversão humana. É absurdo pensar que há um Ser que me acorda, na madrugada, sem os movimentos do corpo e sem a visão. Cada um é livre para crer no que quiser. Eu descreio, ainda que talvez exista. Não há esperança que aguente tantos retalhos numa alma escondida pelo peso das máscaras que reclamam quem eu sou.

Tentei, certa vez, encampar jornada de autodescobrimento. Conversei com tantas pessoas diferentes, outras tantas leram o que eu escrevia. As palavras pareceram sempre ser uma fenda na dimensão que me separava de todos. Quando os dias estavam mais para orquestras que para vozes, eu escrevia. Sem letras, a corda do violino se rompe num corte na face de quem o toca, não na do maestro.

Ocorre-me que nem escrever será possível e você, que sabe de tudo o que digo, não o sabe por que me lê, mas sim porque entrou dentro de mim e, cá comigo, vive no abismo sedutor de um espírito velho demais para desejar explicações, tão doente para não crer que a imobilidade e a cegueira são metáforas para os enjoos que tombam quaisquer planos feitos por este estrangeiro em si mesmo.

Molho a cama. Ainda sinto a urina quente escorrer e empapar os panos. Muito mais pela imobilidade e pela falta de luz do que pelo mijo, sinto uma vergonha imensa de chamar meu marido. O que ele há de fazer a não ser recorrer a um diagnóstico racional quando o certo seria, com um único golpe, abrir minha cabeça, enfiar os dedos na massa do cérebro e pegar minha dor com a mão?

Não tenho mais sono. Ligaria o rádio ou a televisão, nem o moço que daria as notícias em português barítono, nem uma e outra canção teriam surtido efeito quando ele recebesse a lança atravessando o dia ao entender que meu corpo agoniza em lugar do espírito que se assenta no conforto do breu.

Não tenho medo da morte, nem dos mortos. Para quem morre sempre há uma luz no fim do túnel. Para quem vive, os dias sempre terminam no escuro. Não tenho medo do que deixam: saudade?, vazio?, uma fotografia que vai perdendo a nitidez com o tempo e distância de que se sentia. Tudo o que fica são sedimentos que vamos arrastando por aí feito um rio que pensa viver, mas que jamais questiona que, para a água, o caminho é involuntário, sempre em frente, até que, quando chega a hora, essa herança se agrega ao mar e se deixa ser construída, para depois se esvair em escombros. O azul do mar é mera inveja do céu. Como uma casa ou um trabalho ou casamento ou dor sobre dor como pedra sobre pedra.

Tenho pavor, pelo contrário, do que vai com eles, os mortos; da matéria translúcida que não se sabe do que é feita assim como aquele beijo que eu lhe dei, queria dizer a ele, que ainda dorme. Temo a força que não vemos, o vento que destrói uma duna aqui para criar outra mais adiante, centenas de dezenas de milhares de almas soprando ao deus-dará. Diz que deu, diz que dá. Para mim, já deu. Mas não sou eu quem o decide, porque estou paralisado e cego.

Na verdade, o sofrimento de um que agoniza é moinho para a farinha de outro que sente fome. Preciso me confessar: nunca fui assim tão explícito. O medo dá juízo. Reconheço a minha pele por debaixo da forma e sei que sou honesto, apesar de sentir no meu toque a raiva que se alimenta de si mesma, como um tornado prestes a tocar meu bairro pacato e transformá-lo em escombros. Tornado que também há de pousar em outro canto e proliferar em partículas que se sentam em estantes alheias, os bibelôs da vida.

Sinto que pertenço ao nada. Antes achava que era arrogância minha pensar que eu não cabia no mundo. O mundo é que não cabe em mim e vai abrindo espaço a golpes de picareta. Talvez por isso, de mimado que é, o destino me desvaloriza, me obriga a ter consciência de todo o processo para me fazer ajoelhar diante do seu trono e beijar seu enorme anel de rubi.

A diferença é — e, quem sabe, alguém há de se reconhecer — que meu corpo agoniza agora, provavelmente ciente de todo um sofrimento que menospreza meu constante estado de alerta, minhas inúmeras tentativas de provar que sou capaz, enquanto ouço duas vozes conhecidas.

Uma que me diz

— deixe de bobagem

e outra que me roga

— durma para sempre

Quem sabe por que, tal qual a um bombom trufado com os termos de família, eu siga uma pessoa sozinha, inquebrantável, uma eterna barreira sendo erguida com sapê que tiro não sei de onde e com a única finalidade de manter firme o alcance de minha vida, tão míope diante do sopro dos dias (ou tentando evitar simplesmente que eu não esquarteje a angústia por mero capricho).

Pensar positivo, no caso, como me recomendaria a minha mãe, tem seus sintomas: o vício da ilusão de que tudo ficará bem me faz respirar fundo, beber perfume, ver a beleza onde ela, sorumbaticamente, sobrevive e me envolve num processo alucinante que me entregará de bandeja as imagens que só eu posso escrever na ficção em que transformei minha existência.

Para mim, que não existo da maneira que minha vontade deseja e que não me retribuo com mais esmero do que desejo viver sem depressão, se pudesse ligaria a televisão ou o rádio, o barítono carioca comentando algo sobre um atentado na Noruega ou

Xavier Cugat e sua orquestra tocando sua versão para *La Paloma*, um oferecimento do patrocinador do programa patético que é ver um homem de trinta e seis anos, em poça de urina, imobilizado na cama, cego e com vergonha de acordar o marido.

O que será que ele pensaria no escuro quando já estivesse mais que claro? Como explicar a dor para alguém que não a sente? Não consigo gritar, mas o chamo. Preciso de ajuda, ainda que não saiba o que pedir. Não quero me mover ou ver, apenas voltar a sentir mais do que essa apatia diante de tudo. Entender que ele, já acordado, está chorando pelo seu próprio desespero, não pelo meu. A empatia é um delírio humano na expectativa da metamorfose. Ou já se teve ciência, nesta vida, de borboleta que tenha querido voltar a ser lagarta?

2.

Se todas as gotas de cerveja velha que, escorrendo de um saco cheio de outros lixos, eu deixasse ficar atrás de mim e pudessem falar, é certo que elas me pediriam clemência. A depressão corrompe a fé como o cheiro de coisa fermentada.

Pelo toque da brisa, imagino o céu nublado, como cristais líquidos termotrópicos a revelarem que eu, ao despertar da vida, tentaria talvez salvar algumas gotas para beber mais tarde. Ou lamberia o chão que não pisei apenas para ter a casa limpa uma vez mais.

A legitimidade da angústia se mede pela quantidade de minutos que se passa com o chuveiro ligado a despachar lágrimas ralo afora. Crocodilos deveriam sentir sede, mas estamos sobre o Trópico de Capricórnio e os jacarés sentem fome, assim como as víboras que percorrem corpo adentro em busca de um coração para abraçarem. Os corações, por isso, gelam diante do perigo de cruzar o abismo do cotidiano.

Os dias se repetem. Minha energia é fonte para mistérios que nem eu mesmo consigo decifrar sobre minha história, sobre o que penso, muito menos sobre o que não sei se sinto mais. Prefiro então me devorar no ato de caminhar descalço mesmo com sapatos que a vida impõe.

Todas as manhãs, me forçava a dar a mim mesmo um bom-dia. Era imperativo que eu catalogasse minhas estranhezas. Hoje, sem movimentos e sem visão, revisito esse arquivo. Lembro-me de desligar o alarme, esperar o gato escalar a cama para cinco minutos de dengo. Abrir os olhos, perguntar minha razão de continuar. Ir ao banheiro, usar o sanitário, tomar um banho com o vapor do desespero de encarar mais um período acordado, encampando batalhas repletas de verdade, mas nenhum batalhão ou infantaria que efetivamente lhe façam frente.

A solidão de querer morrer é diferente daquela de quem quer se matar.

Se eu soubesse realmente calcular, usaria os números em meu benefício. Contaria quantas horas ainda me sobrariam, se fosse do jeito que me sonhava. Laranjas apodrecem em uma tigela azul e me sinto seco. Tenho vontade de me resumir, ainda que nunca coubesse em frases feitas que gostamos de ouvir. De nos dizer. Sou um livro complexo a quem as pessoas pedem uma versão resumida ou comentada.

Meu marido fez o que devia. Acordou, chorou, pensou que a culpa era dele, depois me disse que eu deveria deixar de graça. Então chamou médico, pediu que orassem em família, tentou conversar comigo pausadamente, como se não o ouvisse, para que eu conseguisse explicar o que houve. O outro sempre acredita que temos controle sobre as nossas mazelas, inclusive sobre nos abandonarmos ao seu bel prazer. Alguma coisa devo ter feito para paralisar movimentos e deixar de ver, ou então como explicar que milagres nem sempre são coisas boas?

O outro busca compreender as razões pelas quais lhes infligimos dor, mesmo que não seja sobre a dor do outro, mas sempre sobre a nossa própria. É inútil pensar que ele chora por mim. Ele está pensando sobre a pouca eficácia das ferramentas que ele tem para resolver meu problema que, no final, causará ainda mais inconveniências para ele, que se move e tudo vê. A voz dele circula pelo quarto, sinal de que ele não consegue estar ao meu lado. De repente, desaparece para voltar num crescendo que atropela minha culpa, num tom carinhoso de quem ama, para trocar o lençol e me limpar.

O amor tem um jeito nada manso que, mesmo enganando, jamais seria só meu. É preciso mais de um para haver armadilha. O que a arma e o que nela se entrega ficam como cartas no passado. Antes de as paredes da alma se descolarem do meu corpo, estive disposto a ser o menino dele, seu vadiozinho, um beato santificado cheio de dores, porém honesto e repleto de misericórdia. Quanto mais tento me lembrar, mais distante fica a maneira como um dia gostaria de relembrá-lo.

Hoje, o que me resta é essa fotografia amassada de alguém que me rola na cama, tira o lençol molhado e fedido, suga o que ainda há de urina no colchão com uma toalha, veste uma roupa de cama limpa, me despe, me cobre com o toque gentil de suas mãos e de lenços umedecidos, me garante que tudo há de ficar bem, que tão cedo haverá nova chance de estarmos naquela praia, uma garrafa de cachaça com um chocalho de cascavel dentro a depurar os dias, sem que eu realmente conte ou reconte o que ainda me resta pela frente.

Ele se lembra, quem sabe não. Sinto que ele me olha com a ternura de quem tem alguém que depende dele, alguém que está nas mãos. É como se eu fosse livro, abandonado pelo escritor, ao encontrar a mão e os olhos de alguém que tenta compreender uma nova história, encontrar seu papel de leitor na relação com aquilo que é narrado. Gosto de pensar que sou parte estribilhos franceses em audições particulares e parte prosa poética a pedir que me ressignifiquem. Gosto do que fomos, ele e eu.

Ele: todo-ouvidos.

Sempre falei demais, mesmo quando não entendia o que falava. Pedia para que fosse valente, que não usasse daquilo que empurrávamos para debaixo de nossos tapetes. Ouvíamos a chuva, sentíamos o frio, a fome, cheirávamos a duração das cenas: quilômetros molhados e despedidas, até-breves tão verdes sob o sol. Cruzamos, tantas vezes, os dedos para que eu me afogasse e pudesse nos liberar do peso que deve ser conviver ao lado de quem está coberto pelas ramas de um kudzu, que esconde a sanidade do que fica debaixo de formas tão lindas para quem as vê de longe.

Amamos o projeto do que seríamos e tentamos nos salvar, ser guarda-chuvas com hálito de álcool e gordura de frango de botequim. Até descobrirmos que a depressão me viesse como uma maldição, roupa difícil de tirar de tão mais cotidiana que o próprio acaso. A juventude, há muito, não é meu charme. E fui bruto. Duro. Sulcado com veias. Ardi nossa casa por abrir as portas e tentar deixar o cheiro do jantar colorir o mundo ao invés do meu sofrimento. Vasto mundo. Falso mundo. De repente sem você, mas com você, ainda que consiga.

Quem sabe, manchando com vinho os desejos que contamos a ninguém, criássemos uma chance de que ele sobrevivesse a mim. Jamais desejei que tudo isso lhe acontecesse. A porta sempre esteve aberta e ele decidia ficar enrolado nos retalhos que a avó costurou para formar, para ele mesmo, um abraço eterno, ouvindo o barulho das folhas de uma imensa pata-de-vaca plantada no canteiro da rua.

Um dia ele anunciou que choveria e fiquei preocupado com a lavanda, que não gosta tanto assim de água. Saí e arranquei um chumaço para dependurar no chuveiro, como fazia a avó dele, bruxa de tempos em sépia. Água é como isto que hoje sinto por ele: mata minha sede, mas me incha. Ele é minha lavanda. Cheira bem e atrai muitas abelhas, sempre.

Penso em sua feição se tivesse que me reconhecer em uma mesa de necropsias. O que será que ele vê quando pensa que não o vejo? Imagino-o dependurado lá no cano do chuveiro e avó dele me olhando atenta do canto da sala, sentada de costas para a janela, a me esperar do lado de lá, enquanto bendiz aquele que um dia desejou dois para lá e dois para cá vestido com as minhas roupas íntimas.

Eu tenho medo de tudo. Não é receio. É sentir a dor de um osso quebrado e vê-lo como está hoje, seguro apenas por um barbante muito fino trançado pelo respeito que tenho por quem ainda demonstra caráter diante do sofrimento alheio. O varão que sustenta as cortinas jamais suportaria o peso de todas estas palavras. As cadeiras aguentam corpo, mas não suportam o toque da alma.

As senhoras que moram no apartamento debaixo do meu, provavelmente em algum momento, se retirarão para morrer em paz, tal qual fazem os cães para não impor obrigações aos seus donos. Era o que eu deveria ter feito. O dono dessas senhoras — o meu dono — é o tempo, e por ele não tenho nenhum carinho, talvez um pouco de respeito. Com ele, apenas convivo, porque a verdade nunca é sofrimento. O que a verdade não tem é conserto.

3.

Era um quintal horroroso, daqueles com muros ainda pedindo reboco e muitos despojos ao redor das coisas. Uma escada aberta, em pé e ângulo agudo. Várias pessoas olhavam uma janela à espera de alguém, que logo presumi ser ele, porque vi ao meu lado uma menina a quem ajudei certa vez a pedido dele.

Parecia uma festa de celebração, de recepção. Ele voltava. De algum lugar, não para aquele lugar. Mas estávamos todos lá. Eu, a menina japonesa e todos os espíritos. Ela apareceu na janela com cara de sono e acenou. Fingiu que não esperava nos ver. Arrumou o cabelo com aquele gesto gratuito de quando assistíamos às competições de patinação artística.

O interfone toca e, cinco minutos depois, sinto passos extras, como se dessem um salto no tempo, como se já fosse noite. Tivesse tudo transcorrido como cópia de ontem, eu estaria a caminho do trabalho, pensando que, enquanto eu me aprontava para partir, ele talvez tivesse vindo atrás de mim para nos falarmos sem mágoas, apenas necessidades.

— Bom dia.

— Bom dia.

— Hoje demoro para voltar.

— Jantamos juntos?

Durante a conversa, ele me entregaria a culpa embrulhada de presente e me beijaria os lábios. Veria, mas não acreditaria no que visse. Lembro, com clareza, do som dos cascalhos sob meus pés e da Orquestra Sinfônica da Rádio Eslovaca executando os estalos da geladeira na cozinha, dando o compasso da realidade. Fomos a vários concertos juntos e o maestro jamais teve responsabilidade sobre nós. O corte na bochecha do violinista é fruto da busca pela perfeição.

* * *

O médico está no quarto e me faz um sem-fim de perguntas. Quer saber das sensações físicas que eu pudesse ter tido naquela noite, como se o sono fosse digno de credibilidade. Não questionou sobre a minha depressão e tampouco quis saber dos remédios que tomava. Fez testes de reflexo, que imaginei sentir como se olhasse no espelho. Ouviu meu coração e acredito que, aparte do que buscava ouvir, dali não saiu voz alguma. Sempre quis gritar, nunca consegui. Era estranho pensar que, com um grito, eu me virasse do avesso.

Eles conversaram. Meu marido deu o relato do seu despertar provocado por uma voz que acendia e apagava no código de um vagalume. O médico disse que precisaria de mais opiniões, talvez por já acreditar que não há, na literatura do mundo, algo que possa falar sobre minha tamanha liberdade poética. Dormi com vontade de que tudo terminasse e acordei com o processo em marcha.

O telefone toca. Quem é?

Desisto de ouvir o médico. Desisto de ouvir. Deixo-me ficar com a perspectiva que o médico conversa com aquele que eu seria não fosse o diagnóstico, não fossem os reembolsos do plano de saúde, não fosse o cansaço interminável. Quantas vezes o desejei para logo abandoná-lo, descrente de que não teria sentido trazer alguém tão bonito para ocupar o espaço deste que penso ser, mas não sou. A voz, do outro lado do aparelho celular, sabe-se lá de que dimensão, recobrando os séculos de um espírito cansado, cuja última lição talvez seja a mais insustentável de todas.

Aquele que eu poderia ter sido fala ao médico que não adianta mais tratamentos. Ele segue lá, como a poesia na ponta da caneta que percorre corpos, montanhas, Jerusalém, Hollywood e camas, muitas camas. Como o contorno da verdade que inunda as praças, os pássaros que cantam nas sacadas, o algodão-doce ou a maçã que se compartilha com o primeiro beijo.

O médico parece não acreditar. Comenta com meu marido sobre a possibilidade de haver, antes de mim, esse outro ser que remonta à ida ao que existe por detrás das rochas, que converte prosas em lua e que eclipsa os olhos de gente adormecida pela correria dos dias. A minha depressão o manteve tão longe que pode ser que ele tenha perdido a vontade de cuidar, de se lembrar, a mania presa nas mãos que alisam um abraço demorado ou a impertinência de um toque proibido.

Por outro lado, a depressão me deixa no lugar com essa versão de mim mesmo, transformada em grades que cercam o futuro e o alvará que solta as memórias. O vento que sopra os estômagos, a fraqueza dos dedos que jamais telefonam, a palidez das bochechas que sentem a manhã seguinte. Deixou uma pausa nas partituras e o revés de todos os reveses.

Enquanto conversam, notam que comecei a falar e olham para mim. Penso que olham para mim. Não sei se me veem. Não me enxergam à exata medida. Peço que encontrem em mim todas as vezes perdidas, a liberdade que definha selva adentro, a insegurança que pernoita no leito onde perdi os movimentos do meu corpo e a visão de um mundo sem propósito. Eu lhes digo que não deem ouvidos à voz do telefone, porque, muito mais que ele, sou eu a cartografia perfeita de todos os povos, a hidrografia que reage conforme os fenômenos naturais de um eu inautêntico e descompassado.

* * *

O médico desliga o telefone. Penso que me olha demoradamente, na compaixão de ver um homem, aos trinta e seis anos, presos nas espirais de si mesmo. Quanto mais me prendi durante os últimos meses, mais universal me expandi, e pesado me deixei em costas, mãos, sexos, papéis assinados e reconhecidos, o estelionato das sociedades quando querem dar nomes, apelidos, xingamentos, dividendos, culpas, justificativas, chacotas, ressentimentos, sem saber que, por uma palavra apenas, me agarram e me depenam.

Depressão.

Depois que o médico parte, meu marido se senta ao meu lado na cama. Pousa, em minha barriga, uma mão trêmula, como se traduzisse no toque o medo dos lábios.

— Antes, eu comia você com a boca de uma criança diante de um bolo de chocolate, lembra? — pergunto como se pudesse sumir com aquele desejo de fim.

O fato é que, quando um adoece, os outros ao redor começam a apodrecer junto, não importando se existe um colo de uma mãe para um corpo lastimado ou a fantasia de alguém que viaja pelo muito do que se canta, se escreve, se encena, se dança.

— Estou nas lágrimas e na graça de me dar por elas quando alimentam minhas palavras, que tentam dissecar horrores e curar a suas feridas mais profundas, meu amor — ele me diz, finalmente.

Algo que consigo identificar na desordem do meu não sentir. Quando me deram o diagnóstico e comecei a tratar das dores da alma, mesmo não sentindo nada, no aplainado de uma existência, aprendi a nomear aquilo que, em mim, já respondia pelo meu próprio nome.

— Você me mostra a dor no ar que respiram as suas cores. A vida que lhe permite senti-la e a morte que a reforça.

— O tempo cura tudo.

— O tempo não cura. O tempo faz a gente esquecer o que dói, só que de, de vez em quando, a gente se lembra.

— De vez em quando...

— O tempo não gosta de mim, Tato. Viver é praticamente uma representação alegórica de uma cama que deveria ser confortável, mas não é; ou se é, está diante de mim, em convite aberto, sem que, nela, eu possa me deitar.

— Meu amor, um fio de água da chuva noturna se transforma em riachos, que levam a sujeira dos filhos dos outros, que agora repousam na espera do rompimento de mais um dia. Mas você não é a sujeira dos filhos dos outros.

— Uma coisa que minha mãe me disse foi: tenha fé. De nada adiantou, porque minha fé sumiu em si mesma quando eu ainda estava para completar dois anos de idade. O pulmão dela, mesmo depois de nascido, estava ainda incompleto. Nunca respirou igual, como se carregasse uma dor. Depois que saí, o que se apagou, se soltou, aquilo que enterramos não é parte da confiança naquela pessoa que, mesmo inexistente, tentou me acender, me empurrar para um lugar tão longe e diferente onde não houvesse pás, fósforos e o medo da possibilidade desses pensamentos literários. Minha mãe sempre obedeceu às leis do Céu ou do Inferno. Acreditou — e se enxergou — no mesmo paraíso onde os elefantes têm marfim e todos os que restamos nos vemos, nos sentimos, suamos, atravessamos ofegando o cheiro de laranjas sob o sol em sua pele por apenas estar ao lado dela. Minha mãe não me deu a vida, Tato. Ela me deu letras e, com elas, não se faz nada sendo feliz.

— Um início é tão doloroso quanto um fim. A vida é uma lei de compensação.

— Tentei, por muito tempo, acreditar nisso, mas poucas foram as vezes em que fui capaz de ver e entender isso que você me fala. Tão poucas que não me sinto recompensado. Tenho, isso sim, o sentimento que vou pagando muito mais pelas poucas coisas que me fizeram chegar até aqui sem que tivesse, aos trinta e seis anos, cedido à violação de caminho, à perda, à quebra, ao tombo. Teria sido muito mais fácil, inclusive para você.

— Meu amor, se há forças, as uso para amá-lo. A carcaça que sobra, pouca pele em silêncio, fino e frágil, como os vincos em seu lábio, onde beijos depositei na esperança de ver repousar um sorriso esquecido detrás das suas mãos, ainda que elas me acenassem um fim tão próximo.

— Veja você que, se eu quisesse me matar, nem para isso a vida me deu uma segunda chance. Nem a visão para encontrar o meio e nem os movimentos para dar-lhe fim. A ideia de permanecer assim, preso à ideia de uma vida que deve ser respeitada apenas porque me foi dada como graça, é humilhante não só para mim, mas também para você, que ainda insiste em ficar. Concluo que você expia uma vontade de morrer ao me ver definhar. Se isso não é amor...

— ... tanto quanto.

Pela janela, há um cheiro de lenha a queimar na memória de alguém. A única coisa que vejo, nesta escuridão, é uma linha reta mentirosa.

— Gostaria de um abraço. Então me lembro dos que você já me deu.

Penso como seria se duas tubas me encaçapassem no rígido som que brota de lábios e cuspes. Tato me beija e afundo-me no travesseiro, com um longo dia adiante. Nada novo até aqui.

4.

Onde vivem os espíritos que nos convencem a existir? A resposta se perde na vontade de que não voltemos a eles. Seríamos, para os espíritos, o que os pernilongos são para nós em noites de calor.

Nas flores do tapete, repousa a dureza do dia. Tão gentil quanto a poeira sobre a pele, a roupa e o pensamento em ruelas estrangeiras, a recuperar os passos de muitos sonhos natimortos. Rotos, lutando contra uma depressão tão profunda, quanto os olhos do gato, que, deitado debaixo de uma cadeira, enxerga, de forma soturna, o mundo inteiro que lhe chega sem negativas. No passado recente, a minha última dose de energia lhe serviu também água, comida e vida, acariciando a maciez de sua existência como dedos sob o carinho de filho. Não o vejo, mas sei que está por aí. Hoje não veio tomar-me a dose de dengo diária.

Não há justificativa que reflita a injustiça dos acertos que servem para dar corpo, voz e face ao vazio que delimita a vontade de ir-me sem rumo até onde permitam os desejos. A impossibilidade deveria ser fronteira desse gostar único, tombado em um divã, na expectativa de recuperar a vontade de dizer que sente, que é o que se é, sem sombras, ruídos e ponto. Sinto em não poder pintar-lhe as unhas de gato e ler um livro ao vento de uma praia às margens das palavras que um dia trocamos, com as quais nos prometemos mudos, apenas na troca possível de dar e receber carinho sem que houvesse qualquer pressão na coluna para justificar a ausência de todo o resto.

Meu gostar tornou-se, com o passar dos anos, calado, de soslaio, respeitando um espaço que, em verdade, é apenas meu. Espero, enquanto os caminhos da vida se abrem sem o movimento dos braços, das pernas, dos dedos, do pênis, apenas olhos que nada veem e pálpebras que os lubrificam. Se ouço à esquerda, nada há. O marido está na cozinha, pensando no que preparar para que eu coma sem engasgos. Inegável é o silêncio que vem no abismo, como se a vida tivesse começado, finalmente, a falar mais baixo.

Recito velhos conjuros residentes em meu coração e é, agora, que canto melodias amedrontadas de se perderem na memória que, sem certeza de fidelidade aos fatos, Chico, Bethânia, Roberto, Juliette, Turandot criam sons que meu ouvido — quem sabe hoje mesmo — já não mais ouvirá em nosso retrato.

Olhá-lo é perceber-me na roda do mundo, fora do corpo, na medula dos espinhos, nas mãos machucadas dos amigos perdidos, na fome insaciável dos que ficaram, mas que também nunca foram e não sabem quem são. Enquanto há pétalas, há olhos, diria um eu-lírico. O silêncio é um vaso de imagens a sustentar a beleza sobre a mesa onde se servem os amanhãs banhados em miragens, como se a receita se houvesse embatumado, como a vontade de seguir, pelo menos neste segundo, esperando que termine.

Existiram muito dias como hoje, em que meu desejo era estapear o futuro, despertá-lo para a realidade fantástica e organizar a raiva em um sistema matemático mais fácil de identificar, mais gostoso de rabiscar num caderno quadriculado ao lado das páginas em que tenho escritas as minhas listas de supermercado e recados, que releio quando a cama está assim: machucada, mas já criando casca.

Tento um sorriso e tal gentileza — diferente do que deveríamos sentir em tempos primitivos — parece me obrigar a arrancar a casca com os dedos da maneira como fazem as crianças, tão felizes e ignorantes. Colocar na boca. Lamber o pus. Não nos esforçamos em assumir que isso é o que somos ou pelo menos aquilo no que nos transformamos: rascunhos em alumínio quente, vontade eterna de água fervida e limpa. Distância do cólera, mas eternamente doentes.

Da cozinha, ouço o tilintar dos pensamentos de Tato. Se houvesse um rádio ligado ou se os vizinhos estivessem em casa, ouviria dois amigos conversarem sobre séries de televisão. É pedante exibir conhecimento, eu sei. Falariam sobre como ontem, ou no domingo, torcedores entraram no vagão rumo a um jogo de futebol. É desconcertante ver o fanatismo. Aquele que não torce pensa no futuro sem querer ganhar a qualquer custo.

Se houvesse uma televisão, veria uma mulher que segura um pedaço de torta de limão protegida por uma embalagem de plástico. Todos nós seguimos na esperança de que uma capa nos proteja de tudo o que embala o humano. Sinto cheiro de sabão em pó, ele deve ter posto o lençol mijado para lavar. Lembro-me, certa manhã, ao entrar no ônibus a caminho do trabalho, de um rapaz diante de mim exibindo uma pena tatuada no braço direito, que lhe segurava o peso de todo o resto, aquilo que fazia dele tudo o que ele era.

Meço a segunda-feira com a trena da obrigação. Eu já não deveria estar aqui, mas fui obrigado a estar. Estou desautorizado a me agarrar ao real. Então imagino a cidade se cobrir com uma névoa baixa, como se fosse um suflê que não cresceu, mas que somos obrigados a comer.

Há dois anos, a rotina é mistral. Às vezes eu, às vezes ele. Há que se pensar em tantas coisas. No trabalho, ninguém pensará. No condomínio, ninguém pensará. De todos os amigos, um ou dois. Há problemas demais e velozes. A medicina não é um problema, nem o vírus. A vida não é a mesma com eles, mas ao mesmo tempo é também a mesma. Ninguém descobre como funciona o cérebro e ele faz de nós o que bem entende.

Passos me forçam voltar à consciência da cama. Sinto pousar ao meu lado um objeto, que presumo ser uma bandeja, dado o barulho de coisas que se quebram e o cheiro amanteigado do que penso ser um mingau. Ele pensou que a paralisia tivesse afetado a boca. Mastigar ainda é possível, apesar de inútil.

Sinto suas mãos debaixo de minhas axilas e o solavanco que me coloca recostado na cabeceira. Costas largas suportam amores, por isso dorme-se de bruços. O esboço de felicidade compensa a falta de jeito nas mãos que percorrem o trajeto da colher em direção à minha boca. Talvez pense que eu seja um poço em busca de água. Quanto mais cavei, mais clara ficou a aridez da alma que, entretanto, clama por um lápis de colorir. Com o mingau na língua, espero.

Ele cumpre um papel como se tivesse sido treinado, depois das horas perdidas do despertar. Tento ler a mente dele e desejo ver nela que elefantes se deitam e dormem na clareira muito pesados de cansaço, depois de amassarem os brotos de ramas que lhes atravessaram o percurso, porque é isso que se espera deles. O mais importante é, claro, transparência, ainda que oremos todos os dias por um punhado de açúcar durante a roda da vida, tendo matéria amarga e adstringente para trabalhar no lugar.

Eu não estava com fome, mas lhe dei o gosto de me ver alimentado. Creio que não deva existir, para uma pessoa que sente — ainda que não saiba nomear o que se sente —, satisfação maior do que a certeza de estar fazendo o que é preciso. O cheiro do dever cumprido brota da pele dele e, por um minuto, recupero na distância o olhar que eu lhe entreguei na primeira vez em que nos vimos.

Com a bandeja, ele se perde de novo pela nossa casa e eu volto para a ficção da vida na profundidade do meu vazio. Imagino uma senhora caminhar com dificuldade na calçada da avenida e me pergunto onde estarão aqueles que deveriam amá-la.

5.

Não adianta eu me rebelar contra a espera. Lá fora, o semáforo perdoa de pouco em pouco. Obriga o motorista a parar. A avenida está viva. O movimento dos carros não impede a quem deseja ser livre. Ir pelas vias, ainda que beijando, muito de perto, o perigo da sorte, é como ver pessoas caminhando nas calçadas ao encontro dos seus afazeres, na repetição dos dias.

Estar nesta cama com as mãos e braços inúteis, enquanto um funcionário público arquiva os autos do processo em alguma repartição, enquanto coloca tantos outros em similar condição, mesmo que não imóveis e não cegos. Só enxergamos nossa dor quando ela parece presa em um engarrafamento de trânsito e, mesmo assim, acreditamos que estamos indo adiante, parados entre luzes vermelhas, ambulantes que vendem flores ou cabos de celular, pensando na próxima dívida ou na frustrante percepção de nossas carreiras.

Tato deve ter ligado para a empresa e avisado. As organizações entendem um ou dois dias de ausência. Para os demais, exigem confirmação científica assinada e carimbada como atestado de nossa honestidade. Os colegas devem reclamar quando as tarefas forem redistribuídas e, certo dia, algum há de chegar reclamando de uma dor no ombro ou reclamando do mau humor do chefe. Trabalhar, se fosse bom, não significaria vender nosso tempo pelo dinheiro que nos permite viver na expectativa de sermos felizes um dia. Gasta-se em sanidade mental no presente para que, no futuro, desejemos a morte com mais facilidade.

Se acaso um de nós desejar a morte antes, violaremos o contrato social estabelecido pelas vaginas de nossas mães quando nos colocaram no mundo para sermos quem elas não foram. O acordo tácito é selado com sangue, lágrimas e promessa de felicidade. Bastará um vaso quebrado ou um copo d'água derramado sobre o tapete para que reivindiquem o direito de apresentar o sofrimento aos filhos. Não se estraga, nem mesmo com esse amor incondicional e cruel que dizem sentir, aquilo que foi comprado à custa da mediocridade das horas investidas em relacionamentos e planejamento familiar.

Para nossa sorte, as memórias são cópias piratas de nós mesmos e lhes damos valor real de metal precioso sem nos importarmos com o latão do qual é feito nosso passado. Não sei se Tato avisou às nossas famílias. O que diria a minha mãe ao saber que o filho acordou hoje para não ser o que dele se esperava? Que respostas eu daria para o desespero dela ao entender que, ao invés da vida, ela me deu a possibilidade de recusá-la?

Tato entra no quarto apressado e pega alguma coisa no guarda-roupas. Pergunto o que ele faz e o que ele quer, não diz nada. Tento falar mais alto, mereço saber o que acontece, mas acredito que ele pense que não mereça.

Quando nos conhecemos, Tato deveria ter seguido o instinto e caminhado na direção contrária. Havia um ipê amarelo perto de nós, poderia ter ficado admirando a beleza retorcida da árvore, imaginado a profundidade das raízes, ter buscado uma bebida no bar ou ter procurado os noivos para cumprimentá-los, sussurrando no ouvido da mulher que não matasse o amado ou que não morresse de desgosto.

As paredes de casa ainda esperam os quadros. Nunca os dependuramos. Deixamo-nos preguiçosos, óleos sobre tela encostados nas paredes. Há poucos meses, havia samambaias. Outra casa, outra vida. Eu gostaria muito de perdoá-lo por ter me socorrido naquela tarde, quando me achou caído na sala, segurando as ramas secas, vômito sobre cerâmica, sangue pelos lados. Não consigo. Se eu queria morrer, que ele não interferisse. Ele deve achar que está sendo castigado e eu sinto culpa, ainda que não o perdoe.

A cidade tem tanto movimento que nela nada acontece. Se acontece, não vejo, porque acordo sempre às três da manhã com suores da vivência nesse plano estranho. Apalparia meu sexo, tudo o que sobrasse com a possibilidade de me fazer sentir. Não quero Tato dentro de mim, quero que o dentro de mim se faça entender para ele como um tronco empurrado por um ser irreconhecível, forte e sedento.

No dia em que nos conhecemos, em um casamento, estávamos em uma igreja e corremos ao redor de um altar antigo. Na assembleia, uma senhora sentada olhava para uma porta e, dentro de um cômodo anexo, repousavam meus monstros, a quem não consegui fazer adormecer, mas a quem mandei que ficasse calado, escondido. Fui criado por eles, sozinho na espera de entender que seguiria lagarta, que a borboleta jamais flanaria pela manhã. Conseguia fazer um ou outro amigo na escola, discava o número de alguém com a esperança correspondida de uma voz que me dissesse estar tudo bem.

Foi a primeira coisa que ele me perguntou.

— Tudo bem?

Pelo menos para ele, respondi que estava. Que bom. Obrigado, de nada. Um vento frio corria por entre as gretas das janelas soltas. Havia, em uma delas, um vidro trincado. Na última chuva, a água escorreu pelo piso e a única coisa que me ocorreu foi uma vontade de secá-lo. Tato não reparou nas minhas pernas para sempre molhadas, minha alma pingando, empenando as tábuas do caminho. Ele abriu o sorriso e a vista foi a mesma desde então. Olhar para ele era ver além dos prédios, torres, amontoados de gente no transporte público para enxergar luzes acesas, mesmo que, aqui dentro, elas seguissem se apagando.

Ouço sons nos corredores do edifício. Talvez devesse ter ido para longe, mas escolhi o que me era mais prático. Interesses irreconciliáveis. As lembranças da noite de ontem, entretanto, permanecem nas escadas. Talvez com ele, quando sair ou chegar. Meu espírito luxou ao ser arremessado ao mundo. Algo de horrível impregna quando se apanha de um médico no momento de nascer.

Ontem foi um dia bom. Ele e eu chegamos juntos, mesmo que talvez eu já tivesse ficado para trás. Ele deve se lembrar do dia em que me salvou. Eu fui dormir pensando em uma praia muito bonita, baixo, um sol que nunca vai embora e que me queima como os ferros em brasa nas ancas de um boi ou qualquer animal que paste na existência do que fui um dia, no horizonte daquele que penso que ele gostaria que eu fosse.

Ele conversa com alguém na porta.

— Hoje tenho plantas mortas no canteiro das janelas, porque faltam água e vontade de cultivá-las, e um advogado, porque sou árvore frutífera e, finalmente, penso que preciso brotar longe do lamaçal onde os dias tentaram fazer crescer ratos.

Não sei se é ele ou se é a pessoa quem diz. É difícil reconhecer o tom da voz quando se constrói teorias da conspiração. Qualquer evidência confirma sua acuracidade. Gostaria, no entanto, que fosse ele o dono da voz. Seria digno, pela primeira vez, ouvi-lo reclamar do peso bronco de dedicar amor a outra pessoa que não lhe convém numa miragem feliz de família margarina. Que me esquecesse do homem que me obriguei a permanecer por tanto tempo, mesmo sofrendo porque não sei mais quem sou. Tudo o que sou está coberto por ramas que trepam as memórias e espremem o resto de ser que ainda reconheço de mim. Todo o resto está mofado.

Não foram poucas as vezes em que tentei. Eu quis. Não dei. Eu acredito que amanheci hoje sem movimento e visão porque estou cansado demais. Há pouquíssima energia e penso que, cada vez que a pálpebra abre e fecha para lubrificar olhos cegos, ela se esvai. Não há chance alguma de começar a precisar que um galo cante e que meu corpo obedeça, que a vida comece a cheirar a café e que as mariposas embranqueçam os pratos mesmo que eu não as coma. Seria necessário voltar a sentir. Qual a chance?

Tato fecha a porta. Não sei se ficou do lado de dentro ou se do lado de fora. Vejo-o nas calçadas do Centro, a bandeira hasteada na praça, os prédios sujos, quartos vazios e o som de uma metrópole que desperta, mas que cala o tesão que os dias têm por nós. Um cachorro alheio às crises de ego aduba um canteiro com lembranças de trinta segundos e dezenas de carros tentam levar motoristas ao encontro de si mesmos por meio de faixas invertidas, talvez trazendo consigo pessoas que batalharam durante a noite para ganhar, quem sabe, a guerra e conseguiram. Lá estão elas caminhando e vendo tudo.

Tato passeia de ônibus rumo à promessa de anos longos, cheios de rodopios como os da senhora que tentar alongar o futuro abandonando passos numa esteira que não vai a lugar algum. Ainda assim. Mesmo assim. O sorriso dele me fez querer assar histórias num forno de lenha com as brasas que eu ainda tinha dentro e seguir amando meu rapaz incendiário, com cheiro de querosene e outras substâncias, injetando em suas veias o meu sangue alterado e vendo como seus olhos se moveriam com o balanço dos meus braços pelo seu corpo, pelas terças-feiras e feriados santos.

Eis-me aqui. Sensações, escrutinando a ciência de minhas mãos nos arquivos, paradas ao lado de um corpo que começa a sentir, uma vez mais, as necessidades de sua finitude atravessando segredos na ordem de nossa casa, manchando nossos lençóis, recolhendo todos os quadros mentalmente e pendurando fotos de Tato, todo nu, pernas abertas, sorrindo para mim. Caminhei, por muitos anos, na navalha desse sorriso para substituí-lo depois, como as cabeças de estátuas renascentistas, pelas minhas intimidades escolhidas com perícia assassina.

Creio estar sozinho. Chamo o nome dele e, enquanto canta o galo, esfrego nas dobras de minha depressão o amor que só eu senti quando ele se aproveitava de mim na cama, amarrado à cabeceira com cordas gordas que ele mesmo comprou, outro dia, naquela loja da rua escura. Tato, meu senhor e amo. Existem dias como esse quando meu desejo se reverte em estapear o futuro, despertá-lo para a realidade fantástica e organizar a raiva em um sistema matemático mais fácil de identificar.

6.

Fui um roceiro punk do caipirismo pós-moderno. Um rebelde a navegar a volatilidade das tradições do mundo. Muitas vezes, vi-me um otimista das ilusões de uma realidade incerta e acabei com um rancor ressentido que explode na mudez das relações. Desejei a eterna possibilidade de todas as coisas que me consumiram em ação nenhuma e vivi uma vida desejada que se remendou com angústias de acordes menores.

Tudo virou um rebuliço de calmarias que se elevaram em ondas de ansiedade. Não consegui conter meu espírito ecumênico que tanto repeliu covardia, mas redimiu esotérico nas conexões com a inexistência. Fui o desejo de alumbramento na superficialidade dos sorrisos que me desencontram. Tato, o efêmero do encanto da lágrima que o travesseiro seca, um exercício diário de aceitação. A saudade do que ainda nem se foi, como um ataque de defesa.

Meu marido não está em casa. Não tenho medo de morrer, mas um desespero consistente em estar sozinho. Sempre ouvi demais. Dormia com a televisão ligada quando pequeno para disfarçar a voz dos espíritos e da minha solidão. A primeira vez que vi o mar, não foi a imensidão, mas sim o som o que mais me impressionou.

Aos setes anos, tudo parece imenso diante dos olhos. É preciso entender bem o que nos fascina. A linha do horizonte é uma ficção criada pela curva do planeta. Mesmo que eu não soubesse disso, uma linha é uma linha em qualquer lugar, não é novidade. O rugido, no entanto, cada um tem o seu. Leões, tigres, pessoas felizes ou com raiva, o mar. Tudo o que vem dele parece soprado de tempos muito longínquos, ainda que não exista passado ou futuro. As pessoas mais tristes não rugem. Cantam, escrevem, se veem guardiães de planaltos, chapadas, cachoeiras, rios. Nunca tive mar dentro de mim.

Aos trinta e seis anos, tudo parece pequeno por detrás dos olhos. Não sei o que é mais vazio: a copa de uma árvore no inverno ou a esperança da sombra na noite de uma caminhada rumo ao ponto de ônibus. Quanto mais desejo, o reboco das paredes cai como fita adesiva a manter documentos antigos à espera de sua importância.

Sei que estou na minha cama, mas não consigo distinguir se estou dormindo ou se os olhos estão abertos. A repetição dos dias já me ensinou que a consciência não é uma questão de estar desperto. Fosse noite, ouviria pássaros na palmeira do prédio ao lado e a vizinha que sofre de insônia e martela os pisos do apartamento de cima. Há sempre alguma janela por perto que está viva em horários inexplicáveis. O que estarão fazendo as pessoas que se abrigam por detrás delas, aonde será que vão, o que será que comem quando abrem a geladeira no silêncio da madrugada?

Ouço um bebê chorar ao longe, acredito que esteja na hora também de uma mãe chorar seu cansaço sobre uma cria dependurada no peito enquanto a agradece pelo amor que sopesa nos braços. Penso que a relação do nosso corpo com a vida seja similar à experiência da maternidade. O sofrimento, o desespero e o cansaço não excluem, necessariamente, a conexão, mas retiram substancialmente a força que nos move, sempre cheia de uma devoção tão cruel.

Não sei se consigo chorar. Tentei, não sei se vale. Às vezes me sinto como um canário, que tem sempre a mesma feição. Tudo parece mais simples na vida de um pássaro. Vinha observando um que vive na árvore da nossa janela aqui em casa. Nunca o havia visto ali. Para mim, o pássaro sabe exatamente o lugar dele na engrenagem do mundo porque não há raciocínio sobre o que há que fazer e nem o que sentir. Mas não somos pássaros.

Eu tinha onze anos quando notei que, debaixo do meu colchão, começou a nascer uma planta. Não falei para ninguém. Por mais estranho que fosse, era algo que só eu havia notado e que me pertencia. Quem sabe, algum dia, de suas ramas, uma ave aparecesse confiante para limpar as penas que eu começava a ter. Não fazia questão de as retirar. Mantinha-as intactas, pacientemente com a ideia de que elas me fariam especial.

A exemplo dos cães, cada ano de minha vida se multiplica por dezessete à medida que passam. Um século depois, aprendi que o kudzu é uma espécie japonesa que não sei como foi introduzida no meu ecossistema. Talvez pelo fantasma da mesma menina japonesa que aparece pelos meus cantos. Depois que começou a crescer, não parou mais e foi cobrindo tudo o que me pertencia. Naquela época, os mais sábios pensaram ser falta de pensamento positivo, preguiça minha ou ausência de Deus.

Quanto mais aquilo crescia, menos pássaros eu via. Muitos animais surgiram para me acompanhar. Eu me lembro de uma serpente, que deitada sobre minha cama, ocupando em seu comprimento todos os ambientes de minha casa na infância, me olhava fixamente, sem me ameaçar, ainda que me demonstrasse um real perigo que eu, naquele então, ignorava. Talvez tenha sido nessa época que parei de dormir em paz e comecei a sonhar com um sono definitivo.

Ela era tão longa que eu não sabia em que lugar estava o fim. A cabeça era grande, dividida por uma faixa cinza, que se bipartia em cima assim como na língua, com a qual checava a temperatura do vidro da redoma que se partia ao meu redor. No resto do corpo, as escamas eram esverdeadas e, na ponta de cada uma, manchas peroladas nas quais, dentro, como num grão de arroz, estava escrito o meu nome.

Quando eu saía, não sei o que era dela. Se eu voltava, ela se desembaraçava dos abraços carinhosos de minha família e reclamava uma saudade obsoleta, como aquela que a gente sente de alguém que nos torturava ou de um amante que nos espancava nas horas menores. Ela não falava, mas entendia o que dela eu pedia. Quando queria pássaros, ela sabia onde encontrá-los apenas para comê-los tão logo eu os visse. Eles, tão cientes de seu lugar no mundo, enquanto eu me conformava em dormir aconchegado no bafo de uma víbora.

O kudzu cresceu tanto que, quando me mudei, fui obrigado a levar umas quantas mudas dentro dos pares de sapato já sem uso e de objetos desimportantes. Todas essas coisas representavam a tertúlia de uma criança diante de um espelho o qual não encarava, enquanto assumia uma verdade sobre si mesma e que passou, sim, a ser verdadeira na cobiça de um buraco negro que engolia a tudo sem escolher sabor ou forma. Depois do manto verde cobrir os meus dias e passar a guardar também um pedaço de alma, a experiência de viver passou a ser um repositório de desmotivação, cuja existência marcaria minha passagem.

Daquele dia até hoje, apenas Tato e minha mãe sentiram, em breves vezes, o toque mofado de minha pele por debaixo dos galhos tecidos juntos, fortes, como o tapete na mão de uma benzedeira, cujos gemidos acalmam as aflições de quem crê numa realidade superior. Nos sussurros de suas rezas, poderemos descansar ao lado de um pai que, mesmo tendo abandonado seu filho, ocupa um lugar de destaque na fotografia em dourado e pedras preciosas.

Tato, o que me sorriu na igreja, cujos vidros nas janelas deixavam cair uma luz leitosa sobre os escombros das crenças. Ele deveria ter fugido naquele dia, mas parece ter decidido fazer isso hoje, depois de me dar a primeira assistência ao amanhecer imóvel e cego, como se, finalmente, a tradução somatizada do reboco começasse a sedimentar as raízes do kudzu, sufocar as sutilezas que ninguém vê, mas assumem que sinto.

Não sei onde ele está. Não posso dar as horas, mas há muito que ele saiu e não voltou. As horas vão dando conta de que se regulam pelas ausências. Estou perdido sem sair do lugar e, ao mesmo tempo, nunca tive tanta consciência de onde estou. A desconexão com o mundo é mero detalhe quando um se recolhe às cruas carnes do cabresto que nos obriga olhar adiante ou atrás.

— O que você quer ser quando crescer? — Param de nos pedir sonhos à medida que crescemos.

Na casa daquela minha meninice, poucas foram as vezes em que os pés sentiram o toque do piso. Deveria pisar a terra, não a ilusão do chão das casas. Os sonhos, não vacinados, começaram a adoecer um a um. Cólera, sarampo, caxumba, meningite, catapora, tristeza crônica. A vida sentiu, pela primeira vez, joelhos a roçarem-se e bambearem-se no robusto corpo da autoestima.

Na porta daquela casa, passavam mendigos e entravam pessoas que não batiam à porta. Num pequeno jardim, o buraco na grama como uma lápide. No dia em que cortamos o pinheiro ao meio, pairou no ar uma desconfiança que nada ali fosse crescer novamente, e que tudo o que houvesse sido plantado momentos antes jamais brotaria na infertilidade de nossas relações, todas moldadas pela ideia de que o mundo deveria seguir um roteiro que diretor algum fosse filmar. É muito complicado ser espectador de si mesmo.

Naquela época, eu ainda queria ser diretor de cinema, encantado com a possibilidade de viver intensamente durante duas horas de emoções marcadas para depois sumir no vazio da certeza de que, ao menos para aquele conflito, tudo estivesse resolvido: sobe crédito, toca-se uma música e a fé de que a vida seguiria se reforçava enquanto a fita era rebobinada.

Assim que chegaram os homens contratados com escada e serra, todos brutos, olhares endurecidos, quase com uma maldade na respiração que a vida lhes obrigou a ter, deixaram as ferramentas no chão e, logo depois do almoço, pai e mãe se retiraram da mesa para instruir um serviço cuja ideia havia nascido na boca de alguém supersticioso, que dizia, sabe-se lá com qual intenção, que pinheiro que ultrapassasse a linha do telhado de uma casa condenaria ao azar quem ali buscasse sorte.

Como se houvesse um chiado entre uma memória e outra, pouco me lembro do som da voz de minha mãe a dar a sentença do corte.

Era lindo, robusto, alto, coberto por líquenes. Abrigava pássaros e formigas e outros seres que, como se descobrissem pelo noticiário das corriqueirices, foram despejados ou mortos pela interferência de quem criou Deus para moldá-lo à sua imagem. Enquanto a serra urrava, no canto de uma parede branca, perto de uma porta de madeira de cerejeira, eu sentia o frio da cerâmica nos pés e um eco que balançava, pela falta de vocabulário e educação sentimental, entre neurônios e coração.

Não houve Jesus ou Maria, naquele dia, que intercedesse por um menino que, vasculhando-me pelas dores nas tripas, via mais de dez metros de pinheiro a cobrar do chão um estampido seco, fatal, sentencioso, e o cheiro de terra, grama e serragem, a elevar-se como alma que escapole de um corpo para se juntar ao ar que todos respiramos. Minha mãe acreditou na superstição, porque lhe faltou poder para descrever a realidade, que ela via sem saber o que fazer.

No entanto, eu não sabia disso. O que eu sabia era muito para uma criança, mas não o suficiente para me dar voz, suspender-me pelos meus braços nos braços de alguém ao chamamento de ação. Fui crescendo em alma na mesquinhez à mesma medida do que me era tirado pela filiação, pela história local, pelo endereço fixo na memória, o cheiro de amaciante das lavadeiras que vinham a cada quinze dias. O cheiro de limpeza é algo que me acompanha ainda hoje, aqui, paralisado, sozinho na marca de corpo que fui e que segue afundando à meia-luz de um abajur, mesmo quando me molhei de urina ou agora que defeco a compulsão do jantar na noite de ontem.

Naquele canto de parede branca de um milênio de distância, desceu-me um peso fora de hora, como se sentasse sobre meus ombros, que me fez crescer o horizonte e iluminou a impressão de que, pelo menos daquela vez, provavelmente a história de nossas vidas seria contada para além de duas horas, muito mais do que coubesse em fitas cassete duplas. Mesmo de olhos fechados, imagens e sons estariam sempre lá, também quando o silêncio assumisse a norma de domingos longos e entediantes, sem beijos, abraços e, principalmente, sem devoção emocional.

Demoraram dois dias para recolherem os galhos. Uma vida inteira de ramas crescendo dentro de mim, tomando espaço de tudo o que tinha vida e pesando o ser.

Na ferida, lá onde o pinheiro foi amputado, colocaram um produto violeta de onde, nunca outra vez, se por culpa da unção ou se por falta de vontade, descrença ou por revolta, veríamos crescer um broto que fosse, nem seiva que escorresse, nem abelhas que lhe pousassem ou besouros que ali se escondessem.

Sobrou, para cima do pinheiro, um fundo de casa, recém-protagonista, como se todos os que nos vissem de fora pudessem também nos ver por dentro, violando a intimidade das tristezas, o eco dos olhares por formalidade. Sorte ou falta dela, as paredes caiaram-se de ausência, sendo reerguidas por uma criança que ali vivia coberta de kudzu, deitada ao lado de uma serpente, no ventre do qual bifurcaram duas trilhas por onde a depressão, primeiro, e Tato, depois, entrariam em conflito.

7.

Sinto falta de música, aquele retumbante absolutista de cem músicos juntos, preocupados com a afinação do conjunto, tocando com o melhor de seus dedos a ferida alheia. Não há música em nossa sociedade. Há apenas feridas que ninguém fecha, dentro das quais cospem ácido, colocam as superstições em borras de café ou sal, como se houvesse sapos que coaxassem pedidos de ajuda muito incômodos, havendo a necessidade de que isso os espantasse.

O odor das minhas fezes me incomoda. Tato não está em casa para me limpar toda essa merda. Não é responsabilidade dele. Por mais que o conforto soe como o veludo de um clarinete, não exijo dele delicadezas de harpa. Estou onde deveria estar. Não há nada que pudesse ser feito de forma diferente e que me prevenisse de sentir a presença da massa no frescor da atmosfera da vida dos outros. Tudo até aqui foi um pântano a correr nas artérias da falta de redenção. Não se salva a quem não acredita em algo melhor.

Meu primo se matou. Não acreditava em nada. Acreditou que a morte o salvaria. O cemitério estava cheio de árvores vivas quando fomos enterrá-lo. As raízes dividindo espaço com os ossos. Tantas eram as coisas que eu gostaria de dizer a cada uma daquelas folhas enquanto atravessava o largo caminho de cascalho, sozinho. Provavelmente estariam me esperando para baixá-las ao pó. Se entardeço verde, quero morrer como um rio a assombrar selva com esse ranho todo que brota na terra já envelhecida.

Sonhei. Ou foi a minha covardia que chamou de sonho aquele estado catatônico em que estava. Acompanhava o trajeto como se eu o estivesse vivendo de dentro de um caixão e, nesse estado de vigília, sem saber se estava acordado ou não, com a consciência expurgando culpas. O quadro pintado com a figura de uma dor morta num divã. Nos dias anteriores, voltei a ser uma criança correndo e correndo e correndo por uma estrada vazia e sem rumo.

Atravessar todo aquele caminho de terra, notando os nomes em uma ou outra sepultura, era como se eu continuasse no caminho para um lugar onde os rumores haviam trincado o chão e o receio da certeza corrompia as paisagens com cores cinza, marrons e o branco da cal deixado pelas tristezas evaporadas.

É certo que, enquanto corria, caí esparramado na superfície da realidade e beijei a terra como se ela me obrigasse a fazê-lo. Disso eu me lembro muito bem. Mais do que a vergonha que pudesse ter por haver, quem sabe, por ali, olhares intrometidos naquele momento, hoje sei que meu tombo foi causado pelo peso dos rancores me castigando.

A pedra e o vento olham os lagartos a boiar entre o fundo e a ilusão do poço que trago dentro. O espírito das feridas é uma entidade cujos gracejos brotam nelas. Sorrindo, cortam meu desejo de ser árvore, de dar sombra, de ser espécie. Então, assopro-me. Tenho que limpar o braço ferido, pensar no curativo para a lembrança do dia em que meu primo se matou.

Ele repetia que o juízo deve vir sempre depois da análise. Se vier. Tentei ser meu próprio remédio, sujando a mão na mistura de sangue e terra, depois de me ajeitar como pudesse para não me apresentar tão desagradável diante da vida, mas já era tarde. Nem a onda fragrante dos jarros de flores seria capaz de esconder meus odores de suor, solidão e fezes, com a carcaça a cultivar água turva.

Deveria haver um jeito de avisar ao Tato. Vingar-me de mim mesmo, expor-me à humilhação da paralisia, cego das coisas do mundo, enxergando apenas o egoísmo de meu sofrimento. Eu sofro. Tato pena. Parei e pensei em como nasci com um fogo mirrado, que acreditava atiçar, arder, crepitar, tremeluzir, cintilar, faiscar, luciluzir. Não queimo: apenas. Um vento sopra o feno na imensidão do ser que apodrece.

Enquanto sepultavam meu primo, cantei uma velha canção que dizia: "Roda a roda e cresce; o frio na barriga não é para quem envelhece; uma criança é feliz porque não entende o que é amor, não se preocupa consigo mesmo". Há muito, eu já não sou uma criança. Uma sobra, sombra, resto escuro.

Nunca estive e não estava em situação de exigir respeito. Ainda que esteja nu, deitado sobre minha cama, as pernas embosteadas e tenha o cabelo empapado de suor frio, apestando, meu corpo lateja igual à dor de ter uma criança no ventre e um oco no coração. Fui condenado pela depressão a uma vida de terra arenosa, cheia de pedras e arbustos que cercam minha casa, com as fotografias do sorriso de Tato espalhadas pela sala com diversos vasos enfeitados com flores, que eu costumava espalhar pelos cômodos tentando escondê-la, especialmente na sala e na cozinha, onde eu passava maior parte do meu tempo tentando esquecê-la. A depressão é como o sebo. Toma-se banho muitas vezes, mas está sempre aqui.

Se não fosse a pedra, morta e inerte, dura, intransigente como a planta de vívido flerte, flexível e muda, com verde palpável, possíveis seriam passado, futuro e um presente com um cheiro doce de frutas, que disfarçaria, com uma propriedade que nunca tive, a indiscutível realidade de que deveria me matar e que não o fiz enquanto podia. O que fica para trás é o legado de uma vida, o nome, um rasgo para o mundo, bem-criado, devidamente preparado, com as emoções castradas quando menino, antes de aprender o que era amor e que não havia, dentro de si, nada semelhante por si mesmo.

Não há nada mais bonito que o futuro diante dos olhos de uma criança e nada mais desalentador também. Se reclamássemos menos, tentássemos ter mais pensamentos positivos, rezássemos mais... me disseram muitas pessoas ao longo dos anos. Que mais há do que desejar uma vida melhor, meu querido?

Queriam assar todas as histórias num forno de lenha com as brasas que eu não tinha e não tenho dentro de mim para seguir, incendiário, com cheiro de querosene e outras substâncias, injetando doses de autoajuda em minhas veias, substituindo o meu sangue alterado e vendo como meus olhos se moveriam com o balanço dos meus braços pelas terças-feiras e feriados santos, escrutinando a ciência de minhas garras nos meus arquivos, deixando o sofrimento no passado.

Ninguém quer ouvir as coisas que me falo quando ninguém me vê. Vou, então, atravessando segredos na ordem das amizades, manchando paredes, recolhendo todos os diagnósticos que, querendo, conseguiria sair dessa. "Você é capaz." "Encontre a Jesus." No entanto, esquecem que teias e aranhas não me incomodam, assim como a vontade em me transformar em mosca, enquanto homens, temendo os aguilhões de enxergar a verdade, tentam ser felizes rezando novenas, arrumando a cama, verificando a poeira que descansa sobre o fogo, buscando ilusões que infeccionam o cotidiano e que colocam em risco a sanidade de nossas mãos em tardes de sol, quando toureiros pelo mundo driblam a morte e você se entrega aos touros mais valentes do que jamais fomos ou seremos.

Tato deve pensar que lhe peço para me salvar da areia e do sangue no chão em que deveríamos plantar cebolas. As que colheria para que me brotem as lágrimas.

— Você reclama à toa — me disse um amigo.

Você não tem solução, me repete a voz que eu deveria aumentar, mas sem energia para fazê-lo. Se eu dormisse, escutaria música. Não há música no mundo em que vivemos.

* * *

Não sei quanto dormi. Talvez tenham se passado dias ou segundos. Nada de novo, considerando que tudo se arrasta há muito tempo. Um bofetão e acordei. Depois de ter me chamado, segundo ele, mais vezes do que havia pronunciado o próprio nome em toda a vida, Tato decidiu que eu não estava em condições de descansar. Já não havia cheiro de merda e ele não estava sozinho.

— Seus pés são como os do meu filho — disse ela.

Reconheci aquela voz. Vinha de algum lugar detrás de tudo. Assim que meu pé se parece muito ao do filho da minha psicoterapeuta, Elisa.

— As mesmas formas, sem as manchas é claro, porque a única coisa que meu filho me deixou marcada foi essa batida imperfeita, esse descompasso, uma vontade de não o ter tido.

— O que você veio fazer aqui?

— Vim assim que eu soube de sua situação.

Tanto tempo lhe contando sobre mim, minha querida, e aqui estou, calado, sem lhe encarar, tendo todo esse desassossego em meu peito, me lembrando do ridículo que me sinto quando ouço diálogos doces, cobertos com glacê, escondendo-me cada vez mais no vapor da angústia, desenhando silhuetas no vidro embaçado, acariciando-me, desculpando-me e culpando outras pessoas, alvos mais fáceis, caprichos de quem sempre teve de tudo menos essa segurança de ser, de existir.

— Eu gostaria de me levantar, de correr para longe, enquanto outros meninos brincam na rua, no pátio da escola, tentando me sentir correto, me ver refletido no oráculo dos dias.

Na verdade, o que meus olhos cegos diziam era que eu gostaria de estar no cemitério, que tivesse abusado daquele caminho de cascalhos, das feridas do braço, do desejo de encanto provocado pela morte, da fantasia nas bolhas dos pés que cruzavam trilhas onde as respostas se escondiam.

— Ali atrás, vê?

Ela olha por sobre o ombro, depois para Tato.

— O quê, meu querido?

— Estão enterrando meu primo perto do cheiro das vontades proibidas, da cor do que-não-é, na impaciência do pântano serpenteando meu corpo.

— E você, o que sente?

— Estou me ressecando, meu pensamento é como um amante que dança diante de arbustos, mistérios róseos, que se lambuza de mijo e merda, rastejando sobre o esqueleto de uma ilusão natimorta, vestida de branco, serena e infantil nos braços de um amor bandido, mas ainda assim: amor.

— Por quem?

Olho para Tato, não sei se olho para o lugar certo, mas olho para ele. Parece que chora.

— Onde está seu sorriso, meu amor?

O ruído dos seus pés se afastando.

— Vou ficar um pouco ali na sala, está bem?

O destino esfregando em mim essa lixa e me esterilizando, me vacinando contra essa praga chamada mundo, essa carga tão pesada quanto os livros que carregava no colégio, as leis da atração, a física, a falta de química, especialmente no dia em que aquele garoto me empurrou pela escada, me ameaçou e o único medo que eu sentia era se eu sobreviveria.

— Talvez eu seja um apaixonado pelo repúdio, pelo anseio do impossível, querendo sonhar com os pés no chão. Não é possível

— digo, enquanto ela puxa uma cadeira para se sentar ao meu lado.

— Seus pés realmente se parecem muito aos do meu filho.

— Você provavelmente pensa que estou como os cães que querem defender seu território, mas o que você não entende é essa correia que me enforca, que me sufoca, que me prende nessa vontade imprudente de assepsia.

— Se existisse, quem sabe, um antibiótico, alguma intervenção médica que me permitisse curar a infecção de sua alma nauseada, entojada, cansada de olhar o futuro e sentir a lástima de não mais querer...

— Estou farto de pensar que sigo os mesmos passos.

É como se eu estivesse lhe implorando para colocar, em minha mão, o sopro do dom, o poder divino, para nada poder fazer, já que estou paralisado. Deixar cair tudo o que dói, incomoda, que cansa. A serenidade não é uma lesão causada por um esforço repetitivo.

— É preciso aceitar o fato de não conseguir, de poder avançar sem fazer esse cálculo matemático, tirar a prova, simplificar essa fração e torná-la irredutível.

— Estou pronto para ser embalado e atirado no leito calmo e controlado do fim, do silêncio em um fim de tarde, quando o vento frio me lembrará, pela última vez, que meu corpo não foi e não é a minha casa.

Dormirei mais uma vez sem saber: sou eu que me escondo ou é tudo o que está atrás desse arbusto que vejo no cemitério, enquanto a família abandona meu primo sem lhe dar boa noite?

Ninguém enxerga os espinhos. Eles apenas perfuram sem aviso prévio e, um dia, nem os antidepressivos serão suficientes.

8.

Ainda me lembro dos pastéis dependurados nos galhos. Depois de fritos, escorriam o óleo na terra, numa chuva difícil de entender. Havia muitas pessoas convidadas. Todos estavam no terreno que ficava do outro lado da avenida. Uma festa para mais de um dia. Tato ficaria dois. Eu, primo do noivo, ficaria todos.

Eu estava hospedado na casa dos meus tios. No quintal, havia um desnível como o que havia no núcleo familiar. Cada um fazia o que queria, mas exigia do outro o que ninguém poderia dar por puro desejo de entrega. Debaixo dos cajueiros, as crianças pingue-pongueavam sua alegria de pássaro, sabendo apenas de si e não de todo o resto.

No quarto, muitas garrafas cheias de água. Muitas. As garrafas tinham nome de mulheres e estavam decoradas com filigranas coloniais. Repousavam na cômoda, ao lado de uma televisão que eu não ligaria, sobre oitos gavetas que eu abriria. Era aniversário de Júlia, mas não havia comprado presente. Aliás, ninguém se lembrava. O casamento do primo atraía todas as atenções para o terreno do outro lado da avenida.

Minha mãe, pela janela, vociferava suas frustrações. Mulher de muitas expectativas. Queria que eu fosse, mas não queria ir. Estava deitado na cama do primo, vestido com uma camiseta, lembrando o dia em que o pesadelo me fez acreditar no presente, no dia em que, descendo uma alameda cheia de personagens, eu me enxerguei atravessando um jardim sem saída para entrar no quarto onde todas as minhas tias, desesperadas, choravam a minha ausência.

Não sei se dormi ou se, realmente, alguém apareceu com um harmônico, um martelo acompanhado de um diapasão. Esse alguém era um homem mais velho, portador de conhecimentos que eu não gostaria de ter. Não gostaria porque pressupunha um quilômetro extra ao percorrer as dificuldades da responsabilidade. Não sabia o nome, nem quem era, se era convidado de um ou de outro.

Deitou-se ao meu lado, me pediu que segurasse o diapasão e, com o martelo, fez o que o ritual mandava ser feito. Com a vibração do harmônico, meus olhos se aprofundaram na miragem de um ponto que se formava diante de mim e eu entendia que era para fitá-lo, sem desviar de sua ontologia. Talvez observasse o processo de como se formam e nascem os seres. Ou pelo menos aquilo que os adoece.

Do meu ser, envolto por um halo furta-cor, de um núcleo instável e perigoso, nasceu um pequeno saco de organza, dentro do qual havia muitos pregos, uma figurinha e outro objeto que eu não pude identificar. O homem, deitado do meu lado, segurando o seu martelo, num gesto veloz de quem entendia o que estava fazendo, tomou a organza nas mãos e a abriu, vasculhando os pregos e o resto que o harmônico havia mandado como resposta de um oráculo.

— Só existe paz entre você e sua mãe enquanto há trabalho. Se você estiver desempregado…

Parecia não ter conexão com a ficção da vida, mas eu entendia o que era escasso de entendimento. Sim, minha mãe era e segue uma pessoa para quem a excelência não permite aproximação ao fracasso. Agarrada a uma mentalidade fixa, acreditando em quantidades de inteligências determinadas por Deus no momento do nascimento, ela jamais estivera pronta para entender os limites dos filhos. Significaria ter parido burrice, fracassado no papel que lhe cabia.

Ainda com o diapasão na mão, o homem disse que faria mais uma vez. Eu não tinha certeza se queria ou não, mas aparentemente não tinha escolha. Antes, no entanto, pela janela do quarto, conseguiu tirar com a mão o ranço de coisa errada, acalmando minha ofegante amargura, mas reforçando a certeza de que descobria mais sobre as rachaduras em mim mesmo.

A vibração recomeçou, o ponto no centro da visão se formou, assim como o halo furta-cor ao redor dele, e, navegando pelas sublimações de toda uma vida, foi formando um pequeno quadrado cinza-escuro, que se firmava no meu braço. Doía. O contato repuxava a pele, queimava, mas deixei que se formasse. Estava curioso para descobrir o que talvez já soubesse, mas não tinha consciência.

O processo durou o tempo que foi necessário. Assim como crescer, não se apressa ou se atrasa. Do quadro cinza-escuro, a forma foi se mostrando e, sem dar por isso, virou um encarte, mas com um pedaço rasgado. Nesse encarte, havia muitas referências ao sexo. Vi flores em ânus, abóboras pendendo das pernas dos homens, conchas nas virilhas das mulheres a retumbar o rugido do som do mar. Todas as coisas têm seu rugido, menos a infelicidade.

O homem me diz que há muito para ler. O desejo é uma construção que se desenha na areia. Tão forte que é possível notá-lo, tão frágil que o vento leva. Ele me mostra um livro que está sobre a cômoda, na companhia das garrafas que ostentam nomes de mulheres. Tudo me parece uma viagem às questões sobre por que meu tesão é por abóboras e não conchas. Quanto do meu ser foi construído para representar uma orientação que coubesse numa casa onde pastéis fritos eram colocados para escorrer nos galhos das árvores.

Alguém me chama. Meu nome não parece meu. Entretanto, o protejo como se fosse. Um senso de responsabilidade se gestou na minha relação com a mentalidade fixa de minha mãe. Eu escuto novamente me chamarem. Não sei se vem desta ou de outra dimensão, o que me faz ignorar enquanto caminho para fora do quarto. Noto que as pessoas sabem quem sou, mas não me reparam de verdade. Não parecem ver que estou tão exposto e que, se quisessem, poderiam empalhar ameaças ou lembranças. Do outro lado da rua, a festa continua. Tato está lá. O encontro na igreja foi um dia antes. O sorriso dele já me fez mudar os planos.

Entro na casa. Caminhando com cuidado, reparo cada detalhe. Os bibelôs, os retratos, as obras de arte. No sofá, um quadro está jogado. A moldura tem azulejos peruanos e está quebrada, deixando à mostra o rompimento da madeira, a identidade do ódio. Vejo na parede muitos outros quadros. Alguns muito interessantes, outros esteticamente belos na referência de beleza que supunha ter. A casa está vazia, ainda que eu ouça vozes.

Cômodo e outro, mesmo sendo cada um de um familiar, tudo ali parece estar conectado de alguma forma com a minha própria insignificância. Respiro profundamente, porque noto que havia suspendido a respiração. Não me parece correto desperdiçar o ar de quem realmente quer viver. As artes que vou encontrando pelas paredes têm o mesmo aspecto artístico, representando o sem-fim de paranoia que a cabeça de um depressivo pode ter. Tudo se ostenta com muita rigidez, sem que haja orgulho ou desejo por uma coleção.

Paloma está num quarto. Eu conheceria Paloma mais intimamente muitos anos depois, quando tentaria ser amigo de alguém mais atormentado que eu. Há uma desassociação de tempo nesta realidade e percebo que pode ser que eu ainda esteja dormindo e que estou vagabundeando pelas arestas da minha inconsciência. É possível reparar e persistir.

Ela me abraça, me diz que sente saudades. Foi morta por uma mulher chamada Fernanda, que ateou fogo nas roupas que Paloma vestia e em todo o seu passado. Paloma está tão morta do mesmo tanto quanto eu estou vivo, isto é, rolando como pedras. Ela está sem dentes e eu noto que consigo também tirar os meus da boca. Ao invés de uma só, muitas dentaduras. A parte detrás primeiro, depois um canino sai sozinho, outros se juntam. Na palma da minha mão, meus dentes e minha boca a babar no repouso. Nada se fala, nada se come. O perfeito estado da não necessidade.

Ouço mais uma vez chamarem o nome que carrego. Uma voz que cresce como um pernilongo avistado a alguns metros, mesmo no escuro. Incomoda em sua forma diminuta. O brado é apenas um bater de asas. Chama uma, duas, três, muitas vezes. Cansado, decido ceder e acordo. Lá está ela. Ele, certamente, ainda na sala.

* * *

— Dias?

— Minutos, quase hora.

— Pareceu mais tempo...

— O que é o tempo para você?

— Castigo.

— Para algumas pessoas, ele cura.

— Ele não cura. Ele remenda. A gente pensa que está curado e, lá está, o tempo nos lembrando do retalho. Tudo volta a doer.

— Acredito que você sonhava.

— Ou estaria eu sonhando agora, contigo diante de mim, sentada nesta cadeira, enquanto eu, sem movimentos de braços e sem visão, decido acreditar que você está sentada nesta cadeira, diante de mim, ouvindo a sua voz projetando um diálogo entre meus fantasmas?

— Há jeito de saber?

— Isso importa?

— Importa uma noção um pouco mais firme de realidade. A lucidez se reafirma em algumas certezas, tão firmes quanto pregos na areia.

— A única realidade é a que eu sinto. O mofo da minha alma está presente, independente da certeza de saber se vivo na ficção que só eu conheço ou naquela que compartilho com os outros autores. Você, Tato, Paloma.

— Enquanto dormia, você disse que era preciso sair da acomodação e dar um passo à frente. O que isso quer dizer?

— Disse isso no encontro com uma de minhas tias, que se recusou a ouvir a história se ela não fosse, exclusivamente, contada para ela. Veja bem, acomoda-se na expectativa de ser importante. A noção da importância é egoísta. Você nunca é importante no coletivo. Está sempre isolado, acomodado. Mesmo caminhando, parado no mesmo pensamento.

— Você não se sente importante?

— A importância não está no eu. Não é uma questão de ser ou não importante. A dor é importante, porque ela não precisa de mais nada além de si mesma. O sofrimento é importante. Ele pode até se encontrar com a dor de vez em quando, mas pode existir perfeitamente sozinho.

— O fato de você estar paralisado e cego é importante?

— São importantes a urina e as fezes, porque, sozinhas, transformam a sensação de realidade. Estar imóvel e sem enxergar não tem diferença. Fora ou dentro de mim, os pensamentos são formados na mesma fonte e a fonte está em mim, não há nada que eu possa fazer para tirá-la daqui. E eu estou cansado de conviver com ela.

— Nada mais importa?

— Você está misturando conceitos. Importância vem de importar, isto é, trazer para você um valor que não lhe pertence.

Acredito que você esteja querendo saber se nada mais me concerne e, por isso, me preocupa. É isso?

— O que você acha?

— É o que, para mim, faria sentido. Em relação às importâncias, neste momento, apenas aquilo que se sustenta sozinho. Agora, se você quer saber sobre as minhas concernências, sim, há mais coisas. Tato, por exemplo. Minha mãe. O trabalho. Você.

— Eu?

— Sim. Ninguém estabelece uma relação de confiança com seu terapeuta sem interesse. Ambos os lados. Ou você, de tanto ouvir os outros a quem atende, supôs que eu falaria sobre todas essas coisas com qualquer pessoa?

— Bem, você é escritor. É automático, não? Fazer as outras pessoas saberem de você sem que elas deem por isso? Fazê-las acreditar ser verdade tudo aquilo que você afirma ser verdade?

— Os leitores apenas sabem aquilo que eu quero que eles saibam. Da mesma forma que, ao entrar em contato com aquilo que eu quero que eles saibam, eu jamais ficarei sabendo sobre qual conexão estabeleceram com os pedaços de mim e o que isso provocou neles, ainda que eles quisessem por alguma razão me contar.

— Você escolhe o que me conta?

— Você não escolhe o que me pergunta?

— Instigo para que você me instigue.

— Vasculha para encontrar o que justifique sua presença aqui.

— O dinheiro que você me paga não é justificativa suficiente?

— Não.

— Por que não?

— Você está diante de uma caixa de cajus. Na feira, existem pessoas indo e vindo, cada uma delas em busca de alguma coisa.

Você gosta de caju, mas para e pensa se realmente quer comer um caju. Você decide que não. Não compra o caju. Seu dinheiro está a salvo na sua carteira. Seu interesse não deixa de existir. Mas o caju está lá para chamar atenção, justificando sua presença em busca de alguém que decida querer comer caju.

— Eu sou a feirante?

— Não, você é o caju.

* * *

O silêncio não me incomoda. Ele envolve o ar. A voz do ar se dá pela interferência das outras coisas. Árvores, janelas entreabertas, roupas no varal, o cabelo de alguém. Ele é primordial na relação entre um terapeuta e seu objeto. Alguém que se permita não dizer nada mostra nobreza em relação ao outro a quem se permite a não ouvir.

Mergulhado na ausência de vozes, sem noção alguma das horas, deixo-me ficar pensando coisas que, se estivesse vendo, talvez não pensasse. A visão vicia a imaginação. Sem enxergar, penso ver, como se estivesse no banheiro me vendo no espelho. Pendendo a cabeça para trás, consigo ver dentro das minhas narinas. Lá, uma barra de ferro prende o nariz no crânio. Mais acima, há mosquitos e moscas. Milhares deles. Eu assoo o nariz e não saem.

Não me incomodam. Sei que estão ali porque estou apodrecendo por dentro. Não é a depressão. Não é câncer. É simplesmente o despropósito que trago dentro. Não somos fáceis de ser e difíceis de não ser. Seremos o que somos, já não somos o que fomos, apesar de parecer. Percebo que o fim não me incomodaria. Sentiria alívio no silêncio da mente.

Não noto a troca de postos, mas a voz de Tato me recuperando das narinas.

— De tão apaixonado que um dia fui por você, hoje sonho como se o ontem existisse.

— Por mim, hoje penso que bom teria sido se você não me quisesse.

— Lembrar da vida sem você, meu amor, seria cruel.

— Tato, de tanto me perder no céu agreste de seu olhar, acabei poucas vezes me encontrando.

— Eu não aguento mais viver ouvindo você repetindo-me o adeus, incapaz de se sonhar.

— De me sonhar? Ou de lhe sonhar?

Calo-me

* * *

Nossa conversa era inevitável, mas não quero que ele se arrependa. Tato entrou na minha vida com um propósito e sairá dela com outro. Ainda que eu jamais saia da dele.

— Todas as imagens que me restam de você estão calejadas.

— Sobraram poucas fotografias?

— Da sua voz, uma textura desgastada. Um toca-discos que chia em nossas lembranças.

— O cheiro ainda persiste naquele outono em que fui lhe visitar, lembra, Tato?

— Cada dia.

— Você parece ser uma invenção, uma peça escrita para o deleite de quem o viu em cena.

— O que você quer de mim?

Existe um eco nessa pergunta. Meu primo, uma semana antes de se matar, me disse que queria se matar. E eu: o que você quer de mim? E ele: o que você tem para me oferecer? E eu: o que você quer de mim? E ele: você não tem coragem de dizer.

Se ele vivesse, celebraríamos os trinta anos. Com ele morto, suspiram um parabéns na expectativa de que viva agora, mais do que em minha memória, nas asas dos passarinhos que vêm me visitar a janela, ainda que eu não os veja.

— Você deveria ter me deixado morrer, Tato.

— Eu morreria junto se tivesse deixado.

— Agora precisarei que você me mate.

O que eu não tive coragem de oferecer ao meu primo, peço para que Tato me dê. Se eu pudesse, faria eu mesmo. Mas amanheci imóvel e cego, impedido inclusive de acabar com tudo. O kudzu segue crescendo e sufocando o que há de vida por debaixo dele. Esse manto verde sobrevive com o que resta em mim, se alimenta do amor que penso ter por ele.

— Não há uma palavra no dicionário, meu amor, que justifique uma prova de resistência que é viver sem você.

— Eu preciso que você me mate, Tato.

— Eu não consigo...

— Para você me matar, antes você precisa matar em si mesmo aquilo que você quer guardar de mim. Você precisa estar são.

Ouço o arrastar repentino da cadeira. Sei que ele se levantou, não sei se ele ainda está no quarto. Tenho sede, mas isso não importa. Não é com as lágrimas dele que a saciarei.

9.

Já fui pequeno e tive um universo.

Nele havia terra e chão, cercas, riachos, pomares, capim e cupins, muitos deles roendo porteiras, as vigas da casa, enquanto os outros apenas ameaçavam a um par de mãos trêmulas que bebia cachaça nas tardes de sapos, corujas, galos e pernilongos.

Antes do frio, havia cheiro de lenha queimada, copos de alumínio amassados, mugidos de alguma vaca, morcegos voando dentro de casa, formigas insones, cobras famintas e uma brisa com o cheiro da noite e da espera.

Não havia essa janela aberta para a solidão. No entanto, o som de uma palavra entrava pela porta e anunciava o fim do menino. Desde então, não há ninguém mais além do vazio de um cachorro que, mesmo dormindo, espanta os bichos que o incomodam.

O que sustenta uma ponte é da mesma matéria do que une as palavras em um bom livro. Não sei o que machuca mais, mas lhe ofereço algumas opções:

Morto, ainda que vivo.

O bocejo diante de um amor.

Sentir-me nu e temperado no prato da vingança de Deus.

Chamar a Tato e receber uma voz já perdida no tempo.

Caminhar descalço sobre o cascalho do arrependimento.

O toque de uma mão fria no desejo de um verão noturno.

A melancolia independe do sistema sensorial. Beethoven, surdo, ouviu o que hoje apenas pensamos entender no peso de uma linha, cuja ponta sustenta uma chave para uma fechadura perdida.

Há, em mim, um nódulo no braço. Dói, quando o aperto. Ainda sinto a dor, mesmo que o braço tenha desistido de viver antes de mim. Não sei se ele me consome ou se eu vou me alimentando com a ponta dos nervos diante dos pequenos movimentos. O planeta gira e me leva junto.

A verdade é que eu já nem me assusto com os gestos das pessoas. Eu me surpreendo mesmo é com aquilo que elas já não podem mais fazer, o desterro ao que devem se entregar quando percebem o limite, a cerca, a porta sem trinco, quando nem as palmas diante da busca servem mais como alternativa. Alô, de casa? Nenhuma resposta.

Minha paciência sendo cultivada no espaço que cavouco todos os dias, sendo adubada pela merda alheia, cheirando à galinha escaldada, a cabelo queimado, algo difícil de suportar, enquanto me dizem que a evolução, olhando bem pelo lado positivo, será minha e de mais ninguém. A ideia humana de que o sucesso é ir adiante, sentir-se incrementado, melhor.

Eu deveria não ter que me preocupar com suposições sobre o que pouco faz diferença em nossas vidas, expectativas frustradas, repletas de ranço, mas não o faço, porque apostar em corridas de cavalo é sempre algo muito mais fácil e ilusório do que realmente saber montá-los, sentar-se em sua respiração, compartilhar o hálito pela disciplina e sermos treinados para conseguir chegar até o final, se existir algum. O acúmulo de medalhas milagrosas, essas iguais às que as mulheres prendem na roupa íntima, são condecorações que nós nos damos como prediletos de Deus.

Muita gente aplaudindo, outros perdendo o tato na hora da derrota, e eu aqui tendo que suportar o sadismo divino, rindo de si mesmo e ao mesmo tempo de mim. Noto uma criança ao meu lado. Ela está parada no vazio. Japonesa, ela me olha com curiosidade, com olhos minúsculos, como as írises de uma serpente. Veste um manto azul e tem olhos de vidro, que brilham como se estivessem conectados ao opaco dos meus.

A criança ao lado me pergunta, se Deus existe, por que é que estamos aqui, deixando para trás, e aos poucos, as cascas, os troços de tinta que soltamos como se mudássemos de apartamento, mofando, observando moscas nas janelas, muitos de nós como também fazem as cobras, os lagartos, alguns bichos de pena.

Já não ligo a mínima para as minhas plumas, para os retratos expostos por outras pessoas, serenando a alma, tentando combater um câncer, experimentando outras bebidas. Eu não perderei o humor pensando nas inúmeras vezes em que Deus me mandou calar a boca, e minha memória cantando dentro de mim que, sim, eu me calava, obediente, pois meu jeito de amar é assim, prestando serviços, tentando fazê-lo feliz à Sua maneira, tentando controlar minha personalidade, tratando de ser uma pessoa recatada.

Talvez esse dia nunca chegue. Talvez eu jamais conheça quem é Ele detrás desse rancor barbado, desse passado que sempre traz na bolsa, nas malas de viagem, que dorme conosco em nosso quarto, que me rouba a coberta, que baba em meu ombro, que desfruta do meu calor enquanto o meu único medo é tentar não cair da cama, não sentir a dureza do chão, reconhecer os lugares onde estive naquele fim de semana pela poeira dos sapatos, pela gastura que o movimento do queixo me provoca no momento em que me conta histórias, contos, como se me dissesse a mesma coisa que aquele compositor uruguaio escreveu numa canção.

Eu só quero é pensar nos filmes que deixei de ver e nos livros que não escrevi, nos poemas que não rimei com as nossas sentenças, eu culpado, porque Deus sempre é inocente, sem um júri que reconsidere a decisão. Enquanto isso, os jornais esperando nossas declarações para a edição de amanhã, quando eu despertaria distante, em outros quartos, em outras vidas, considerando ser essa minha história um tipo de pesadelo do qual só sabemos ter tido por meio dos tremores das vistas, do suor que nos lembra do que é salgado e do que é doce.

Será nesse momento que delatarei diante do espelho, às oito horas e treze minutos, o corpo que respira precisando de novo alimento, e pedirei que roubemos, que matemos, que destripemos a aflição, já sem ter aquela criança japonesa me perguntando quem foi que criou o mundo, rindo finalmente de piadas engraçadas.

A verdade é que, agora que sigo escrevendo, mesmo sem escrever, com o leitor vasculhando a minha cabeça, sem a lâmina afiada do rosto de Jeová me olhando sobre os ombros, as minhas palavras ressuscitam outras almas, sabendo que elas mesmas já estavam mortas e eu muito mais satisfeito de ter sobrevivido ao apocalipse que batizei, veja só, com meu nome.

Que conste, quando quero contar isso que sai dos meus ouvidos antes de me escutar falando, dói mais que a voz de uma cantora de ópera. As palavras soam falsas, plásticas, cheias de conservantes, as frases não se completam e minha capacidade de escritura não alcança a inteligência da dor.

O sufocamento é apenas posterior. Meu texto se afoga no que ninguém jamais lerá, como se eu mesmo, fora da carcaça, assistisse ao meu próprio fim e eu morrendo: como poderia eu enxergar minha própria distância de mim mesmo?

Saber que as orações não mais oram às musas, que os milagres nunca feitos se transformam em matéria nas mãos de outras disciplinas, eu me perdendo em tantos caminhos, mas seguindo aqui, imóvel e cego, recebendo visitas a quem escuto sem saber bem as razões, desejando escrever o que em mim já está escrito em outros idiomas que ainda criarei, dando uma importância muito maior do que a necessária, da que eu consideraria debaixo do peso de minha própria presença.

Seja então verdade, como também o é que eu tenha me esquecido daquela frase que me visitou essa manhã numa das esquinas da cidade. Eu me preocupando com a felicidade que deveria sentir, mas, veja bem, deveria, porque é como se eu estivesse num palco, num teatro real no estômago, enquanto na ribalta a soprano resguarda a voz para lançar como punhais em direção à plateia.

Ao mesmo tempo, as pessoas continuam me acompanhando, eu correndo ofegante para segui-las e estar à altura sem conhecê-las, mas com a fé inabalável de que conseguiriam o que de mim esperavam. Claro, eu decepciono, frustro, me perco, erro, busco retificar enquanto minha mãe, irritada, vai e volta com a vida anterior, me dizendo que precisávamos rever minha vida. Os sonhos cada vez menores, atrofiados, até o telefone tocar e, quem sabe, a situação se complicar, tenho certeza.

Não tenho que ser forte, mesmo que, ao enfraquecer-me, a histeria seja coletiva, como se a fraqueza de todas as pessoas que me cercam dependesse exclusivamente da boa atuação de minha força, independente da agudeza dolorida de voz concertando-se no meu estômago.

Depois vem a ânsia, a revolta, e não posso vomitar esse kudzu, a serpente, o mofo para fora do meu corpo e deixar palavras plastificadas no lugar, sem sentir realmente o que ninguém jamais verá ou entenderá, por mais incondicional que seja o amor, esse amor, aquele amor, qualquer amor, que não substitui a necessidade de apropriar-me de mim e da guia que seu desenfreio conduz, sem data marcada, apenas futuro.

Não adianta ficar pensando se deveria, se poderia, se quereria, sem poder realmente saber por quê. Sigo surdo para meu grito, que flutua em todas as poças, refletindo a sentença escrita em minha testa, que leio com a voz da cobrança, retumbante, ecoando no vazio que abri quando decidi não mais viver a ficção de minha vida ao invés do documentário que todos desejam fervorosamente para mim, um garoto de promessas.

Um garoto que hoje, mesmo sem ver, sabe pela pele, quando é agosto. Espera setembro com a mesma garra e defesa do gato que eu quis matar naquela tarde na casa velha do povoado, unhando cada dia com o cheiro das vezes em que pedi a Deus para que não me mandasse àquele lugar outra vez. Da surdez de Deus tentei me vingar buscando a maldade em meus braços de menino e coração entediado, dependurando-me nas serigueleiras e chorando baixinho de tristeza depois que todos já tinham dormido.

Eu vivia sonhando com cidades onde nunca havia estado e onde o cemitério ficasse tão distante quanto a necessidade de visitá-lo. Eu não queria oferecer respeito aos mortos que não eram meus, eu, uma criança apenas, que desejava viver aventuras que o povoado não abarcava. Desesperado, pedia para que alguém viesse me buscar e ninguém vinha.

Entendi desde cedo que haveria cachorros que teríamos que enterrar, muito antes de voltar às pressas à cidade, dormindo no banco traseiro de um carro, para beijar a madrugada nas bochechas frias de meu avô, morto em um caixão rodeado com crisântemos brancos.

Parte de mim ficou enterrada num pasto com esqueletos de bois, peles de cobras e as unhas do gato que quis matar com os olhos de uma criança solitária, com as mãos de uma alma que jamais se deixou enganar por uma goiaba madura. Eu deveria pisar o chão, não a ilusão do piso de nossas casas.

* * *

Tato está de volta, ainda que não tenha falado nada. Eu sinto o cheiro, eu sei que não está sorrindo. A cadeira não se arrasta, é a cama que se afunda um pouco mais no meu lado.

— Você quer descansar? Deveria — pergunto e respondo. — Eu não quero você pendente de mim o tempo todo. Estou bem.

Sinto sede, mas não vou saciá-la com as lágrimas dele.

— Meu amor, você parece nunca feliz e nunca triste, uma indiferença que mata aos poucos. Eu não consigo entender.

— Eu também não consigo, Tato. É estranho quando nem as metáforas dão conta. Tentei, tento, não mais tentarei, porque é falho, não adianta.

— Você me afasta.

— É ao contrário. Eu o sugo o tempo todo.

— Cansar da minha própria voz me derrota, porque é como se, depois de um tempo, eu já estivesse falando comigo mesmo e não tendo respostas sobre mim...

— Não deve mesmo estar encontrando respostas porque não é apenas uma questão de esforço.

— É uma questão de quê?

— O fim ou toda a contradição que ele causa.

— Não é fácil admitir sentir o fim de quem se ama.

— O eterno, muito além de uma ilusão infantil, também é uma paranoia adulta. A aceitação do fim acaba com a necessidade do recomeço.

— Como devo eu seguir depois? Você, livre do recomeço. E eu?

— Quero que você seja maior sem vento ou água que impeça a pressa dos dilúvios a transformar noites em poeira e lembranças.

Quero que você seja maior no universo do pensamento das palavras cantadas sem perder, com elas, a sua voz.

Talvez, por isso, no meio de tantas bocas, reviro o estômago em busca de palavras. Grito por dentro, fora (quem sabe?) ele ouvirá. Germino essa semente no gosto virgem disto que não foi, enquanto o perfume da vontade persiste na pele que me resta. O último suspiro debaixo do kudzu. A última encarada nos olhos da serpente. Pisar a terra.

Se pudesse vê-lo, saberia que tinha um olhar de abraçar folhas, de sentir o cheiro do vento que por elas serpenteia, de beijar as asperezas da madeira bruta, de abandonar o tato da terra nos pés, uma chispa de ilusão de algo que a ele não fora concedido. Eram olhos que conversavam, que, no oco deixado pela ausência — oportunidade, sorte, destino — repetiam: eu quero, eu quero.

Eu, que queria molhar os dedos no céu refletido da fonte, forçando o caminhar revertido das nuvens onde homens constroem casas debaixo de chuva, não posso. Então, suas sobrancelhas me indagavam: por quê?

Lembrei-me de que nas vezes em que tentei segurar as lágrimas, as palavras, a respiração e a chuva de cair do céu e o cheiro da comida alheia, as janelas fechadas, as fachadas da costureira e a poeira nos cantos da sala, nas cortinas, nos tapetes, nas colchas, nos retalhos afogados no frio d'água, enquanto no forno queimava-se as batatas, as cebolas, as massas e o queijo, na espera das fomes.

Tato tem as mãos salgadas nos discos, nos pratos brancos, nas facas pratas que dormem tranquilas na gaveta. Não posso mais vê-lo. Ele não sorri. Ele provavelmente não as segura. Não as ouço cair no lençol, mas entendo que, de repente, como o destino de uma onda que lava pés e alma na beira do mar, tudo parece realçar o desconhecido de um oceano que ele traz dentro, peito, pernas, mente, onde tudo se perde no sentido, no meio, na tranquilidade de que ele, pelo menos ele, sabe que sempre amanhecerá para que a vida continue, enquanto o mar nele ruge.

10.

Com estas mãos inúteis, rasgo duas, três palavras no chão e nas paredes de dentro as leio como se as visse. Com estas mãos, acredito e descreio nos meses do ano, desmarco propostas no calendário como a vontade de água na garganta depois de um cigarro.

Provoco oceanos, vendavais como as pernas entrelaçadas na hora da novela, das panelas sem vida à procura do antes sonhado. O cheiro do feijão. Fecho então portas, janelas, deixo de bolinar as frestas e tudo que revele as espumas nas ondas das vozes roucas que amadurecem os nossos dias, pois só com as mãos paradas, sem sentir a pele cor de whisky de Tato, que um dia pensei ter ao menos uma beleza corrompida daquilo que eu sozinho esperava. Profundamente, respiro. Uma arte que, mais além da estética, beija os lençóis da poética.

Ao meu lado, Elisa, a terapeuta, está de volta. Ela repete a semelhança dos meus pés aos do filho dela, que há tanto não vê. Perpetuaremos, ela e eu. Continuaremos como também ficam inquietas as mariposas nas luzes que tremulam no céu em dias de chuva, o terrorismo das nuvens e os trovões, neuróticos, que não falam mais alto do que essa confusão embargada dos dias anteriores, do estado absurdamente disfuncional do corpo, da largura ordinária dos meus braços, da ignorância de não saber falar mais o idioma da vida, de não ter tido a coragem de tentar outra vez antes que já não pudesse mais tentar, depois que Tato me achou e me levou para o hospital.

Ainda que tivesse parcelado a minha dívida, garantisse uma relação íntima com notas promissórias que seguiria assinando, pensando apenas no presente. Já estamos ambos no passado, ela e eu.

— Você sabe onde está?

— Onde sempre estive, mesmo que negasse.

Agora ela ouve outra vez aquela resposta que compreende, algo inquebrantável, considerando as exigências, as suas, as nossas, importando pouco se eu continuava ou não sem dar notícias novas, revivendo numa espécie de destino atávico.

O céu se deságua. Não fora, mas dentro, aqui no liquidificador de mim mesmo, na cama sem colcha, nos travesseiros deformados, no quente do colchão, no vapor que sobe e vai ofuscando na vigília da janela. Escrevo com a ponta do dedo a certeza de que, mesmo que ela não saiba ler o meu pensamento sorvendo, trôpego, sua presença, o leitor está dentro de mim, sabendo de tudo. Tento cavar distâncias nos meus ossos, rompendo as cordas, desafinando-me por dentro, soltando os escombros.

— Você nos tem tão atentos que eu não o queria dizer, mas já estamos torcendo pela sua morte.

— Pois, pelo menos, saberiam e teriam um lugar fixo onde me encontrar duas, três, cinco vezes na semana, sufocado junto aos ossos escondidos pelos outros cães. Não aqui, neste quarto, neste estado. Mesmo que não estivesse paralisado, tudo aqui dentro já parou há muito tempo, já podia ser abandonado à margem da estrada.

— Estou certa. Você não acha que está sendo tão arrogante quanto as mamoneiras e tão esquivo quanto o asfalto quente?

— Cada lugar: uma vida. Cada cabeça: uma sentença.

— Eu sei que você está cansado. Eu também já esperava uma melhora com o processo de terapia e com os remédios que você estava tomando.

Deve ter mudado a tática para essa posição mais agressiva. Policial bom, policial mau. Ouvi-la me faz então conter a mancha nos pômulos já arqueados pelo choro que acabou não vindo, mas que estava por dentro, preenchendo-me como um corpo viscoso, como se a serpente estivesse navegando por dentro, antes das enxaquecas do coração que, só de imaginar, a sentia e ela me mordia.

Querem que eu tenha clamores das pernas, pedindo a ajuda nas asas daquelas borboletas temporãs agitadas pela terra devolvendo a chuva para o céu e me esperando para quando, apenas quando, o meu ser tivesse vontade de se abraçar comigo e, todos os dias, observássemos a vida nascendo de baixo para cima, com as pessoas pensando que fôssemos feitos apenas de argila de tão imperfeito o encaixe.

A depressão, tão malvista tantas vezes, ainda que apenas uma incompreendida, vem para derreter-nos no chão desarmados, sem rastros de ponteiros e de giros gratuitos, em sonhos impuros em sua honra. Adoremo-la, mas sem reverência. Os olhos do Criador exigem que nada, talvez o tempo e o ar, esteja entre as miradas dos dois que se enfrentam, sua obra e a mim, no ponto triste dos sons quando o que dói nas coisas que cantamos, em nossos ouvidos, repetidas vezes não podemos explicar.

Suas pestanas pulsam queimaduras na pele, como açúcar no queijo em chama alta, como um sentimento que, na cozinha de casa, frita o passado nas paredes, que repousa cansaço no frio dos nossos quartos, das nossas relações diárias, enquanto vagamos palavras em busca de explicações — ou pior, de justificativas. É belo, melancólico, sutil, agudo, preciso, tanto no sentido de exatidão como no de necessidade.

Não fossem os toques do quente e do frio da vida nas mãos dele, o Criador, nada ouviríamos desse vento sul que concede à criatura o dom de querer, um *fiat lux* que nos insere, cirurgicamente, entre o ser e o nada, entre o ser e o tempo.

Sobre a cama, eu era uma vitrola.

Entre sis, lás, mis ou rés, todos menores pela tristeza pela qual meu relógio da vida parara. O quarto não estava tão escuro quanto o corredor do lado de fora, quanto a rua, quanto o mundo. O guarda-roupa, a poltrona de leitura ao lado de uma mesinha de canto com um livro de muitas páginas, abandonado, coberto por uma capa dura, o abajur. Tudo no quarto era tão imóvel quanto a mim, estirado na cama.

Cada uma das coisas neste quarto contava uma história. Cada uma continha o passado e o futuro. Em cada marca do colchão, um espelho. No reflexo, meus ouvidos beijam a voz de Tato.

— Conte-me sobre coisas que tenham olhos — eu peço, pensando falar com ele, mas pousando o pedido nela.

Há palavras que não digo, filmes, músicas e livros que, se não riem, sussurram: eu não quero mais viver. Eu não posso. Não espero poder, sabemos. Prepare o tempo, lave o sal das feridas, não quero, mas você deveria ficar, Tato. Alimente-se de minha indiscrição. Se acaso desconfiar numa xícara de chá, nada mais que ar ou café no oco da boca, do beijo que inexiste, caminhe. Caminhemos. Leve-me adiante. Se, enfim, o desgosto vier, a preguiça da vida vai lhe amar como você me amou, como se eu estivesse amando você da maneira como me amou, como a uma fotografia. Pense em mim. Sobreviva: Tato. Não reclame à toa.

Eu gostaria de me sentar. Não saberia nem por onde começar, muito menos como deveria prosseguir. Faria uma lista: a) fechar a ferida; b) tomar banho; c) vestir-me; d) beijá-lo; e) despedir-me. Abrir um buraco na cabeça, cortar a garganta, tomar todos os remédios da casa, pular do prédio. Alguém depois teria que me fechar inteiro. Agulha entra, linha sobe, agulha entra, linha por dentro do nó, ponto feito, linha sobe, agulha entra, linha por dentro do nó, ponto feito. Agulha sai, linha sobe, linha desce, agulha entra, linha por dentro do nó, ponto feito, agulha sai. Dezessete, dezoito, dezenove, vinte, vinte e um, vinte e dois, vinte e sete, vinte e nove, trinta e cinco. As mãos de alguém lavadas no meu sangue.

No necrotério, Santa Helena me vigia com os olhos de mãe. Ela contará se profanaram meu corpo. Se alguém me ama com a mesma maciez dessa gaza com a qual limpam minha pele, com a mesma ternura de trinta e cinco pontos enfileirados na esperança de me dar dignidade, transformar um corpo num esplendor do norte, do leste, oeste e sul.

Não me abalo, eu abafo, não me abato. Tudo o que debaixo, rebaixo, racho, rasgo com as mãos as palavras, reabilito no caminho que foi interrompido. O estrago da doença, efetivo, educador, embrenha e embrulha todo esse manto, esse peso, esse kudzu, e me emancipa. A serpente há de buscar outro ser, tatear, tonteá-lo com hipnose, talhá-lo, tombá-lo, comê-lo, calá-lo, cantar em seu ouvido. Enquanto escuta o canto, outra alma há de apavorar-se com a impossibilidade de seguir até se acostumar com ela.

Não tenho que pensar nas pegadas que abandonei pelo caminho, apenas fitar os pares de sapatos que deixei de usar nessa manhã, pensando no amor que os galhos das árvores lá fora nutrem pelas folhas que sustentam. Não pensam no vento que lhes roubará, quando menos esperarem, um beijo do qual a Bíblia não fala e ninguém pressente.

Tenho esse anseio do homem por escrever apenas aquilo em que acredito e eu lhe digo que muitas vezes minhas palavras brotam tão naturais que não devo crer no que me dizem, mas sim naquilo que elas sentem ao abandonar minhas mãos, um sentimento tão diferente, estou certo, daquele que Tato pode ter tido.

Você há de me dizer, em suas orações, que eu lhe deixei solitário depois de lhe fazer pensar que minha partida foi culpa de uma fantasia imunda, que jamais deveríamos ter casado de tão desesperados que estávamos por construir a casa, decorá-la com bibelôs que compraríamos em nossas viagens pelo mundo. O relógio de parede que você tanto gosta e que ficará de presente para marcar o tempo dos dias depois de mim.

A única coisa que esse relógio me registra é a minha patética aventura de sobreviver, já que estou preso a um velho testamento com a mesma força do amor que as folhas sentem pelos galhos que as sustentam à espera que um vento do norte venha me roubar um beijo, mas não me leve para viver em outra casa, em outra cidade, quem sabe em outro país, em outra dimensão, sem a esperança de ter um dia o cheiro de Tato, seus fios de cabelo aparecendo entre as almofadas do sofá, qualquer souvenir da vida anterior, da minha miséria.

— O que seria preciso para que você recuperasse a fé em você mesmo? — finalmente ela pergunta depois de um tempo muda.

— Para mim, já é tarde.

Uma, duas, seis, quinze vontades de uma única vez e ditas apenas por uma palavra semitonada: solidão. O que se apaga, se solta, o que se enterra não é parte da fé na pessoa que, mesmo inexistente, me acende, prende e me empurra para um lugar tão longe e diferente onde não haja pás, fósforos e o medo da possibilidade desses pensamentos literários. Não havia a mínima possibilidade de obedecer às leis do céu ou do inferno. Deveria ter dito adeus. Criado a coragem.

Quebrar a água em seiscentos e trinta e oito partes antes de sacudir os sentidos e anunciar a que viemos. Esconder-me em mim à procura do desejo de semear ervas daninhas em pastos vastos. Tentei mudar o mundo outra vez com casacos feitos com as peles de quem nos machuca e pedaços generosos de amores antigos, até a chegada de Tato, quando pensei que tivesse sido germinado com força o bastante para encher os leitos dos rios com outra coisa que não esse sofrimento transportado, até agora, em canoas e balsas frágeis, mas eficientes.

Meu ser é essa hemorragia melancólica que não estanco e que dá a qualquer palavra, a mais delicada, o direito de me matar e me renascer. Eterno. Imortal. Monólito.

11.

Peço água e Tato me dá a fonte.

Sinto o cheiro do perfume, tenho vontade de abraçá-lo. Não consigo, mas peço o que ele pode me dar. Ele passa a mão em minha cabeça e sinto seu dedo tocar meu lábio. Ele quer que eu fale. A palavra também pode ser remédio e veneno. Ele me diz que vai me deixar mais um pouco com a Elisa. Acredita que posso voltar a me mexer e a enxergar. Não como um passe de mágica, mas um trabalho de garimpeiro a vasculhar por debaixo da manta da depressão o que ainda respira, o que palpita, o que, de certa forma, pensa ser melhor do que a veracidade do ser. Recolher o bruto sabor do estar estirado na insensatez do existir.

— O que fazer para não dar tantas voltas em mim mesmo?

— Você acha que existe um fatalismo?

— Ontem, eu vi um pássaro que vive na árvore que está diante da janela de casa. Se você for lá agora, o verá. Ele é marrom, uma cauda longa. Será que aquele pássaro olhava para mim e pensava ser ele o humano, enquanto seria eu o pássaro preso numa gaiola?

— Eu gostaria de entender melhor o que você quis dizer com dar tantas voltas em si mesmo.

— Existe um sistema de pensamentos que me faz ver o contexto. Neste sistema, a referência está sempre em mim, mesmo quando eu não quero atrair minha atenção para mim.

— Não há nenhum problema em pensar em si mesmo. Você se acha egocêntrico?

— Não. Não é uma questão do ego. É uma questão do ser profundo, que sempre clama pela atenção das coisas, como partituras diante de musicistas que já sabem muito bem o que tocar. Não precisam lê-las, mas os olhos pousam nelas, porque sem elas não existe continuidade na música. Se todos os compositores não as registrassem, não haveria legado. O homem criativo seria refém do momento. Por isso, o musicista é refém da partitura, assim como eu sou refém do meu ser.

— Mas ontem você se colocou no pensamento de um pássaro, não?

— Sim, claro, mas um pássaro que olhava para mim. Ele não se ocupava de viver seu lugar no mundo. O que eu transcrevi no cérebro do pássaro foi uma projeção de como o meu ser, já mofado e a apodrecer, veria a situação se estivesse de fora, vestido de penas marrons, dono de uma cauda longa.

— Tentar se perceber de fora do ser é um risco oportuno à necessidade de estar são.

— Segurar o ser com a mão e acariciá-lo. Vejo meus amigos duvidando de si mesmos. Eu acredito na força do que me vem de dentro. Ela me domina. É ela quem dita o pântano que corre nas minhas veias.

— Você gostaria de duvidar de si mesmo?

— Teria pelo menos a chance de pensar que haveria outro tipo de vida que não a repetição dos dias, da umidade que faz o mofo crescer, do kudzu que me envolve, da serpente que se deita em minha cama e me hipnotiza.

— Se há hipnose, logo há outra maneira de atuar.

— Acredito que possa haver muitas maneiras de atuar, mas nenhuma delas cairá longe da árvore, do peso da raiz que finca no peito, da casca embranquecida das frutas que deveriam ter sabor e já nascem secas, apenas porque o ciclo as faz nascer de qualquer jeito. Um ser hipnotizado não deixa de ser o que é, ainda que atue de uma forma que, na planície dos momentos, poderia permitir o vento deslizar o feno para o lado. A poeira sempre pousa nas coisas novas.

— A ideia do desejo é mais deliciosa do que a ideia da perda. No entanto, você parece entender bem tudo aquilo que perde. O que você perderia se não houvesse o ser depressivo cujo sal corrói suas vistas e cujo ferro pesa seu corpo?

— Historicamente, as sociedades não se construíram na incerteza. Quanto mais você soubesse qual o lugar que lhe pertencia, menos questionamentos haveria sobre o ser que o habita. No entanto, não posso me conformar com lugares e muito menos com a falta deles. Porque não há que pertencer. Deveríamos todos estar diante daquilo que pudéssemos ser, fazendo o que fosse necessário para dar sentido à vida, inclusive morrer. Eu perdi a liberdade ao ser escravo de mim mesmo.

— A perda da liberdade lhe aprofunda o vazio?

— Ela ilumina a superfície que me faz enxergar o vazio. Aonde a luz não chega, estão todas as outras coisas que existem, mesmo quando não dou por elas.

— Quem é você?

— Sou isto. Corpo imóvel numa cama, cego. Obrigado a sobreviver aos dias, porque a covardia de não haver tentado a morte outra vez se traduziu em amor pelo outro, enquanto cultivava desprezo pelo oco deixado pela falta de energia. O centro se apaga como um circuito elétrico. Para evitar arder no incêndio do passar do tempo, o ser se deixa cobrir por aquilo que o mata.

— Mas isto, como diz, é você hoje. Ontem, você não era isto.

— Ontem eu era isto por debaixo das ilusões.

— E você as perdeu de ontem para hoje?

— Não as perdi. As consumi no cheiro nauseabundo das águas pelas quais navego. Quanto mais o barco segue, mais se apegam às suas hélices as sanguessugas da apatia. Para que girar se o caminho à frente segue por onde há apenas gases tóxicos, como o oxigênio?

— Se consumiu, perdeu. Porque não há mais.

— Se consumi, entreguei. Perder pressupõe descaso. Para viver mais um dia, abasteci o barco. Enguiçou.

— Acabaram-se as forças?

— O que restou me permite estar aqui falando com você.

— Quem diz isso? O ser ou a máscara que o ser veste para conviver socialmente?

— O ser. Debaixo de todo esse kudzu, existem muitos fantasmas daquilo que um dia pensei ser. Mais do que máscaras sociais! Acreditei ser o personagem que construí para crescer. Os sonhos passaram a ser do personagem. Quando quis conhecer o que havia por debaixo da manta verde, encontrei apenas o esqueleto de coisas indefiníveis, que eu jamais saberia o que eram. A força do engano, a desfaçatez do chão das nossas casas, a ideia do amor-próprio, as cadeiras bambas nas quais se sentariam os sentimentos mais nobres, os bichos peçonhentos da crença no outro, na responsabilidade de Deus, na tinta descascada da resiliência.

— A depressão é o que mofa seu ser?

— Não sei. Por outro lado, sei que a depressão é o que reveste tudo o que havia, esse peso que o ser sustenta, a medula que produz pântano. Por isso a projeção do desejo é mais fácil de fazer do que ter uma noção real do que se deita por debaixo das ramas. Você não sabe mais o que está debaixo, mas sabe que aquilo que está lá infecciona todo o resto.

— O que lhe move então? Não seria mais fácil simplesmente fechar o olho e dar a ordem do fim?

— Seria, gostaria. Não é possível. Se não há força que mova, há então força que arrasta. Os dias estão sendo puxados, um atrás do outro, como um trem enferrujado, mas ainda assim ciente do seu peso, sendo olhado pelos que vivem às margens da ferrovia, pichado, vidraças quebradas pelo repúdio de quem não aguenta conviver diante do espelho.

Assim, enquanto casais seguem comprando casas, móveis, móbiles para o quarto da criança, eu fico aqui pensando se o passado respira e em como deve ser difícil viver do olfato, bufando como os cães na presença de outros animais, tentando encontrar territórios, comemorando sete anos em um, sem sentir o gosto de uma melancia e sem sentir saudade do suco transbordando pelas curvas do corpo de alguém. Ausência não é tristeza.

Triste é envelhecer correndo pelas ruas sem nunca ter corrido, gritando como os loucos que atiram pedras nas pessoas, sem ter deixado que a infância de nossa criatura fizesse seu trabalho e formasse dentro de mim essa ansiedade pelas coisas do tempo, essa fantasia de pertencer aos círculos, quadrados, hexágonos que os pais planejam com detalhes desde quando sabem os sexos dos filhos, misturando-me com a estranheza de outros semelhantes.

Pelo contrário, cá estou eu aguardando, revelando segredos que guardei quando o que deveria mesmo era escrever sobre cada um deles, dar uma voz descarada de personagem à essa realidade que construímos na espera da normalidade, garotos adequados, meninas de boa conduta, mas sendo conduzidos pelo instinto, o cheiro que sai do meio das pernas, as manchas amareladas das roupas de cama, investigando os cantos do corpo.

Nas quinas dos banheiros, o nível de higiene que não reparamos ou preferimos não enxergar nas bocas, nos ânus, nas unhas, nas memórias que sempre me deixam na dúvida se respiram ou não, se sobrevivem da mesma matéria que nossos cabelos, tentando me deixar ser penetrado pelo olor, pelos hormônios dos dias, colecionando imagens para certificarmos a existência, os ciclos, os pedestais de onde não deveríamos ser baixados nunca.

Sobrevivemos ao habitual. Fazemos isso escrevendo sobre qualquer coisa que nas pontas dos dedos pensamos, sentindo a expectativa de recebermos correspondências no fim da tarde e de recebermos o aviso de que alguém — se há alguém — deseja se comunicar de uma forma mais confiada conosco, desconfiando, porém, das intenções e do que será pedido em troca. A confiança é um valor que dá nojo e isso nos aferra ao medo da desilusão, da vergonha que é cair diante dos pedestres na rua, da humilhação que é admitir a solidão para o colorido da vida alheia, da mágoa que é verificar se há chamadas perdidas nos telefones celulares, da pena de não poder chorar diante de membros da família, de não ter tido o valor suficiente para mandar todo mundo tomar no cu.

Ainda ouço as palavras que me diria quando me trocassem por uma pessoa mais segura, que sabe cortar as cebolas sem lágrimas, que sabe refogar o alho sem deixar que amargue, que sabe pôr a mesa, que não tenha que se preocupar por outras coisas que não sejam as que estejam nesse dicionário no qual os ancestrais escreveram para nós palavras de ordem. Há um exemplar deste livro sempre à disposição na mesa de cabeceira, estudado, analisado, avaliado em noites de vigília, com as sobrancelhas pesando no rosto e o coração em perfeito estado, latindo, bombeando desconsolo para um corpo que não se mexe na intenção de não despertar sua ira.

Com cãibras antigas, sigo arrependido de não ter esfregado a ferida, antes de recolher minhas roupas espalhadas pelo chão, orgulhoso de minhas imperfeições, porque nelas haveria de me reconhecer e fazer conhecer a todos que, com sensação esquizofrênica, teriam certeza de que, na minha frente, se sentiriam uma pessoa muito pior e mais desprezível que eu.

12.

Elisa some do quarto, o que faz parecer que tudo acabou.

Sem movimento ou vistas, preso no limbo da escuridão do ser, acompanhado apenas por pensamentos que serpenteiam sobre lugares que eu não sabia que existiam. Muitas vezes, tomamos por verdade coisas que nem sabemos se verdade são. Quando é que admitimos, para nós mesmos, que somos quem somos? Por que acreditamos na ficção que nós mesmos ajudamos a escrever? Quantas palavras bastam para que a crença se cristalize em julgamento e, logo, parte ontológica de nossa existência?

Tal qual como a presença do leitor dentro da minha cabeça, a saber de tudo isso, o vento certamente balança a cortina. Sabemos que foi o vento, mas jamais teremos certeza. Acreditamos na força que existe, porque ela é exterior, invisível e rodeada de mistérios. Sinto que falhei como ser humano porque abandonei os mistérios do caminho em prol de uma praticidade irrelevante que formou blocos de saber, tutorando o caminho como alguém que conhece início, meio e fim, justamente porque ajudou a escrevê-los.

A ilusão do controle é o que nos mantém em casa, enquanto os pássaros, como aquele da janela diante de casa, vão por aí sabendo exatamente que deles se espera que apenas voem e sobrevivam. No mais, é tudo temporário, como os ninhos, os ovos, as penas, a busca.

Na rua, ouço os carros que passam. O quarto, a janela, a cama, tudo o que agora me protege está do outro lado. A rua está em lugares que não vou, como as memórias que vão sobrepondo o silêncio. Se pudesse gritar, eu gritava, mas nem para gritar sirvo.

Tudo parece uma ação pensada de ator no palco em busca de atenção. Gritar é como mendigar o olhar de um para si mesmo. Sem conseguir, contenta-se com a atenção de outros que fingem se preocupar com o problema do outro, desesperados em cumprir o que socialmente se espera deles num momento de assistência. Se alguém desmaia ao seu lado na rua, você segue adiante como tem vontade ou para, conscientemente por si próprio, com a finalidade de ajudar a quem desmaiou? Você nunca se perguntou: tinha que ser comigo?

Por debaixo da manta verde, sufocante, ouço o rugido do motor de um Fusca 1979, volante de osso, o terço pendurado no retrovisor, Elton John no toca-fitas, minha mãe contando piadas e meu pai nos levando de férias para a fazenda de meu avô. Agora essas imagens são mais claras do que foram quando, na estrada, meu irmão e eu acenávamos para os caminhoneiros na esperança da gratidão em buzinas, pelas quais passávamos a identificar os modelos dos caminhões.

Não pensei que um dia fosse ser atropelado por um caminhão carregado de sofrimento, com lembranças daquele que tinha uma placa KDY 5467, FNM, velho batente que, se buzinasse, soaria como corneta, o que sempre fazia o irmão gargalhar, com o dedinho gordo, em riste, sinalizando o positivo para o viajante de olhos vazios, sangue intoxicado com o calor da estrada e com drogas. A seta esquerda se acende e indica passagem livre. Ultrapasso.

Olho o retrovisor enquanto retorno para a direita. Penso na minha mão morta ao meu lado, aqui preso a uma cama que voa, segurando o que chamamos de vento, porque não o vemos. Meus pais sempre souberam que rebeldia não era meu forte, ao contrário de meu irmão, que acreditava que, quando crescesse, se fosse caminhoneiro, poderia transportar gasolina para postos de abastecimento, como aquele no centro da cidade, interior do país, pouco mais de trinta mil habitantes, quarenta graus à sombra nos meses de estiagem. Naquele tempo, nós nos recolhíamos às sombras de meu avô, cavalos, gado, plantações de abacaxi e as mangueiras no riacho.

— Você vai comigo e, se brincar, até deixo você no volante um pouco — dizia-me o meu irmão, que inflava as bochechas, os olhos arregalados, erguendo a mão esquerda para puxar a corda imaginária: *fonfom*.

Elton não se cansava, mas minha mãe, era certo, em determinado momento, estenderia o braço esquerdo para detrás de seu banco procurando a caixinha de plástico marrom, tesouro dos cassetes, de onde retiraria pérolas sertanejas: "E nessa loucura de dizer que não te quero, vou negando as aparências, disfarçando as evidências, mas pra que viver fingindo, se eu não posso enganar meu coração...".

"Só sei que te amo" era o que líamos em seus lábios quando ela nos olhava no banco detrás, já entediados com o longo caminho, enfastiados pelo sol quente, as janelas fechadas por conta da poeira. Cortávamos os canaviais, passávamos por pontes desequilibradas e pedíamos, já quase sufocados, para comer poeira, respirar a terra, sentir o cheiro do meu avô. Ele estaria sentado à beira da bica, cortando umas laranjas, separando as cascas para os porcos.

Vez ou outra nos encontrávamos, depois de cruzar a porteira, de abrir os colchetes, porque era trabalho nosso em troca de algumas notas a mais na mesada, com a caravana de vacas malhadas que meu avô fazia circular pelos pastos. O cheiro de mijo e estrume subindo pela lataria do carro, descendo os vidros, percorrendo braços, cabelos, dava as boas-vindas e logo era substituído pelo cheiro branco das canas verdes, um tapete felpudo inalcançável. Pisávamos a terra vermelha e firme. Ele gritaria: "Quem é o garoto do vô?". Já são tantos anos que devo ter perdido a entrada, confuso pelos motociclistas que aceleram pelas ruas do bairro, trazendo-me de volta, por poucos segundos, à dureza do dia.

Sem mim não há dia.

Não sei se é a idade ou se é o calor na estrada que me faz sentir ainda mais velho do que sempre supus ser. Realmente perdi a entrada. Devia ter virado a dois quilômetros atrás. Aumento o som, a rádio local começa a falhar e desligo. A Serra da Antena no horizonte delimita os alqueires da família, que teria se reunido um dia antes. A volta desnecessária pelas esquinas do passado não me impediu de avistar a fumaça saindo da pequena chaminé que subia do fogão, a casa, fundo de vale, perigo iminente de afogamento no riacho que nunca se concretizou. Alguém cozinhava.

Minha mãe não era das panelas. Devia ser alguma tia. Irmão e eu éramos os primeiros da fila da galinhada depois de muito nos divertir, morbidamente, com o torcer dos pescoços das galinhas, ao que chamávamos de ventilador de penas. Não sei ao certo se deveria chegar, ninguém há de querer encontrar alguém morto por dentro, carcaça esfolada pelos anos de distância, mas já avisto meu pai sentado no banco da porta. Está mais gordo e cabisbaixo.

Arrisco uns toques na buzina. Meu irmão a reconheceria. Da lateral, perto da horta e do pomar, aparecem também tios, primos, uma senhora com uma bacia de folhas e um cachorro. Pela janela, saem madrinha, tias e mãe. Minha avó, no batente da porta, não se esforça com os braços abertos. O cascalho parece o mesmo dos meus dez anos, ainda que mais escorregadios do que eram — ou teria eu já desistido do equilíbrio? Tento reaprender a andar naquele chão, mas não arrisco a mesma corridinha que traz minha avó mais rápido ao meu abraço.

— Sem vergonha! Precisava demorar tanto? — Sinto a mão direita da minha avó doer nas minhas costas, enquanto a esquerda ama meu rosto. — Seu avô está lá dentro, vai lá.

Meu irmão grita algo que não consigo ouvir, mas que arranca risada de todo mundo. Devem estar rindo das minhas calças justas, da careca proeminente ou, muito descaradamente, de Tato, cria única desajustada de apartamento, que apresento a todos pela primeira vez. Beijo meu pai, minha mãe, minhas tias e tios, primos. Estranho, porque já estou distante outra vez, de volta ao mundo em que Elisa precisa vir ao apartamento porque amanheci cego e paralisado. É muito complicado vasculhar aquilo que o manto sufoca. O kudzu da vida me impede de saber se ainda vivem em mim ou se me assombram.

Eu fecharia os olhos se pudesse me distanciar da luz, mas os deixo abertos em sua inutilidade a escorrer lágrimas que se sublimam na insensibilidade do corpo. Elisa está de volta ao quarto, mas posso me dar ao luxo de não me dar por ela. Se quiser, ela que fale primeiro. Não tenho obrigação de sair de dias passados que voltam como histórias escritas pela minha memória, como releituras, uma versão adaptada para o sentimento que eu gostaria de sentir, mas não sinto.

A sala, a televisão, o aparelho de UHF, as cadeiras de fio, o filtro de barro no canto ao lado da imagem de Nossa Senhora de Fátima, o copo de alumínio de alça amassada, a toalha de plástico estampada com frutas muito coloridas, os mosquitos, os mugidos que vêm do pasto, o farfalhar nas folhas das mangueiras, a água caindo da bica, o cheiro de madeira queimada, aquela imensidão de muitos sons e, ao mesmo tempo, som nenhum. Nada disso esconde meu avô, sentado, desenhando curvas na areia com um graveto de limoeiro e espantando as galinhas com gritos e chibatadas.

— A sua benção?

Ele me olha.

— Quem é você?

Crescer me fez ficar mais tolerante em relação às pausas. Tento não piscar, não me mexer, nada que possa desviar o pensamento dele de me encontrar montado num cavalo, passeando ao lado dele, depois de termos apartado as vacas leiteiras para o curral, repassando o aprendizado, conversando sobre as coisas que ele ainda haveria de me ensinar se eu não tivesse ido embora porque era impossível ficar.

— Esse rapaz aqui é seu namorado? — pergunta para a minha mãe ao me apontar.

— Não, pai, é meu filho — ela responde com um sorriso acostumado.

Mesmo sem me reconhecer, me dá um abraço simpático, sorri, me abençoa, faz o que acha que deve. Logo volta à tortura das galinhas. Há coisas com as quais temos que aprender a conviver. Esquecer deveria ser uma delas, mas fantasmas existem.

A calma, neste lugar, não se estabelece nunca. Meu irmão grita meu nome de algum lugar. Uma tia pergunta quanto tempo vou ficar. Um primo quer marcar uma mesa de canastra para depois do almoço. Uma prima quer me mostrar o DVD gravado no parto do filho. Minha mãe quer me ajudar a organizar nossas coisas no quarto reservado para nós. Tato se enturmou com minha madrinha. Meu avô, então, pergunta:

— Quando é que ele chega? Saudade daquele menino.

Minha mãe vasculha minha reação, mas já não estou mais diante dela, mas sim diante de Elisa, imobilizado e cego.

— Onde você está?

— Organizando as dores.

Aparentemente, Elisa também lida com silêncios até certo ponto.

— Você acredita ter controle sobre suas dores?

— Não, mas posso organizá-las, estabelecer um sistema para que eu saiba o que dói mais e aquilo que dói menos.

— Onde você coloca seus sonhos?

— Eu já não sonho mais, Elisa.

— Não?

— A angústia existe quando não há mais possibilidade de entender propósito.

— Nós entendemos o propósito de formas diferentes.

— Sim e você está errada. Propósito é uma força que nos move, aquilo que nos empurra adiante. Eu estou cansado de raspar esse tacho. Não há doce que não se amargue se ficar muito tempo no mesmo fogo.

— Por que você tem certeza de que eu estou errada?

— Porque o seu conceito de propósito é algo que puxa, não que empurra. Se puxasse, não dependeria de mim criá-lo. Era apenas me levar rumo a esse destino, sem me preocupar com a minha interferência nisso. Está diretamente conectado à conquista do objetivo, da aspiração. Você precisa desejar o futuro para ter propósito. No entanto, somos feitos de poeira e fome, Elisa. O propósito precisa estar agora, no presente, para nos levar adiante.

— Você acredita que amanheceu cego e paralisado hoje porque lhe falta propósito?

— Você acredita na pergunta que você me fez?

— Tudo bem, vou refrasear: você acredita que a falta de propósito pode ser um gatilho para as reações que seu corpo teve de ontem para hoje?

— A falta de propósito me fez tentar a morte. O propósito fez com que Tato me socorresse, ainda que ele talvez estivesse se perguntando: "por que comigo?"

— Você acha que ele lhe salvou mais por dever do que por vontade?

— Não é assim que agimos socialmente?

— O sentimento não conta?

— Eu não estou dizendo que não existe sentimento na noção do dever. Somos todos construídos socialmente para enxergar sentimentos naquilo que somos obrigados a fazer e a falta dele naquilo que não devemos. Você salva alguém por amor, mas não mata alguém por amor. Você socorre alguém por compaixão, mas não comete suicídio por compaixão.

— O que você sente agora?

— Cansaço.

— E o que o provoca?

— Não sentir nada mais. O que sei é apenas um reflexo daquilo que fomos ensinados a sentir. Será amor o que penso sentir quando Tato está aqui ou apenas uma ideia concebida de amor que, a partir de todas as vivências que tivemos, aprendi a sentir porque é assim que deveria me sentir? Será que Tato, quando tem compaixão pelo meu sofrimento, a sente realmente ou apenas projeta na ação a expectativa de que gostaria que, se fosse ele em meu lugar, eu fizesse a mesma coisa, tivesse o mesmo ato?

— Isso realmente importa? Ele fez o que era o certo!

— Elisa, eu ainda estava consciente, dizia não, que não me levasse, que apenas se deitasse do meu lado e ficasse comigo. Ele não me perguntou nada, não me deu o benefício da vontade, da escolha, porque o dever social dele era agir na compaixão de me levar a um hospital, não apenas moralmente, mas também diante do código penal. Ele não poderia me deixar morrer, porque isso também significaria matá-lo também socialmente.

— Como você poderia ter certeza de que morrer era efetivamente o que você queria?

— Como ele poderia ter certeza de que não morrer era efetivamente o que eu deveria querer?

— E o que impediu você de tentar novamente, depois da primeira vez?

— O dever de não fazer Tato sofrer.

— Ele não está sofrendo?

— Provavelmente está, mas não porque não conseguiu me impedir de morrer, mas sim porque estou vivo no caminho natural da morte. Carregar o sangue de alguém é mais fácil quando o sangue se derrama sozinho.

— No entanto, você não pode controlar o que as pessoas sentem, correto?

— Não, mas posso tentar morrer sem carregar um fardo maior do que esse que já carrego?

— Amanhecendo paralisado e cego é um fardo menor?

— Sua pergunta, na verdade, me mostra que você pensa que eu escolhi deliberadamente estar assim. Se escolhi, não foi deliberadamente. Posso ter escolhido em alguma das conexões que meu cérebro faz com o núcleo apodrecido ou pode ser que o próprio cérebro tenha começado a se mofar. Desde que acordei, lamento não ter a opção de fazer o que eu preciso fazer sem depender da desconstrução de valores de pessoas que, ao meu redor, decidem estar porque enxergam sentimento numa sensação de dever. Se não houvesse a sensação de dever, mesmo sentindo o que se sente, haveria possibilidade de que vocês me matassem e fossem embora, sem que nada fosse alterado na ordem do cosmos.

— Como você quer que eu faça?

— Para que pergunta se não é o que você fará?

— Você não pode afirmar sobre meu arbítrio...

— Não é o que você está fazendo agora mesmo comigo?

Ela some de novo na amplidão de uma vida que não alcanço. O silêncio é também um ponto de fuga. O que é viver? O que é sobreviver? Onde está o propósito, a força que nos moveria?

— Elisa, sem mim não há dia.

Se eu pudesse, fecharia os olhos para me distanciar da luz, mas a luz também é apenas uma ideia, um conceito, a origem da culpa de não estar fazendo o que eu preciso fazer para ficar melhor. Que tipo de vida melhor haveria se eu pudesse ver ou me mover?

Existem covas que, com quanto mais terra a cobrimos, mais elas se afundam, porque não é preenchimento, mas sim o peso que empurra o chão por debaixo do corpo, com a alma gotejando pelo ânus incessantemente.

— Você pode, por favor, me deixar sozinho um pouco?

— Vou sair agora, passo no escritório, almoço e depois venho novamente para cá e continuamos conversando.

— Peça ao Tato para só vir aqui daqui uma hora. Até lá, organizo meus espectros. Estamos você e eu, aqui, buscando as razões para o fato de ter amanhecido assim, sendo que deveríamos estar pensando sobre o que fazer ao fim do dia, quando tudo continuará da mesma forma. Noite, manhã, tarde, noite, manhã...

13.

Por uma linha, tudo o que eu sou me puxava de volta para dentro do sono.

Acordar era uma opção baseada no esforço, que eu não queria fazer, mas tinha. Se dependesse de mim, escolheria mergulhar no fosso das irreais medusas que petrificam o meu ser. Encarar cada serpente de seus cabelos e, uma a uma, criar figuras que exibiria nas estantes por debaixo do manto absurdo que recobre todas as forças. Se respiram, não sei. A forma lhes concede uma possibilidade, ainda que orações não resolvam mais questões dentro de mim.

Na mesa de cabeceira, há um pequeno aquário, daqueles que tínhamos com ambas as palmas das mãos a sustentar o oceano de minúsculos seres. Será que teriam ao menos a ideia de que o mar que os contém acaba na desesperança de quem o segura? Um pote de plástico fosco, repleto de adesivos, com um bilhete de minha mãe a desejar felicidades no novo emprego. Que o aquário me fizesse companhia. Umas duas dezenas de alevinos a percorrerem o minúsculo espaço.

Sinto que estou atrasado, mas a vontade de voltar a dormir me afunda no frio do lençol, no qual roço meus pés em busca de permissão. O que é do cérebro humano que o faz tão fácil de ser enganado? Convencê-lo das piores coisas é o que a vida é. Se houvesse chance de usá-lo propriamente, eu faria. No entanto, sempre me pergunto: não seria assim mesmo? Não deveríamos ir com o fluxo, nadar inconscientes de que o nosso oceano termina nas mãos do tempo, da morte? Refletindo com o pouco ar que resta por debaixo da imensidão verde que é o futuro?

Vejo um vulto passando pelo corredor rumo ao banheiro. O que Tato faz saindo de um quarto que não é o nosso? Por que ele usará o banheiro que não é o nosso? Eu, então, me obrigo a sair da cama, sentir o frio do piso, admitir que a curiosidade é uma força de curto impacto. Não é propósito, porque não move indistintamente. É uma pulsão em busca da indulgência do ser, o reforço do interesse pela vida do outro, não minha. Não há nada que eu não saiba sobre minha vida. O que eu talvez não tenha é consciência deste conhecimento — ou compreensão.

Tateio a parede ainda um pouco desequilibrado pela rapidez em que me pus de pé e ponho primeiro a cabeça cômodo afora para ver meu irmão, a esperar na porta do banheiro.

— O que você faz aqui?

— Esperando a tia usar para que eu possa entrar.

— Tia?

— Sim, às vezes perdemos a noção do tempo quando estamos a satisfazer os nossos desejos.

Atravesso para a sala em busca de Tato e não o vejo. Deixo o aquário que ainda segurava no móvel. Fixo-me no maior peixe que ali reside e ele é branco, como uma mancha expandida que me encara em busca de eco. O que move os peixes? Qual a força que os impele a desviar uns dos outros? Seria apenas sobrevivência ou noção daquilo que os deixa respirar sob a água? Ele parece querer me dizer algo que jamais saberei. Poderia ser um pedido de socorro ou um aviso de cuidado.

Giro no meu próprio eixo, quero sair dali e volto ao corredor. Meu irmão continua na porta do banheiro à espera de uma tia que não mede em horas a satisfação de seus desejos. Há também um pequeno ser, que penso ser um rato que, de tão minúsculo, me exige chegar mais perto para ver que, na verdade, é um gato, que cresce à medida que me aproximo e com o qual brinco.

— Você quer ser feliz ou realizar seus desejos? — ouço meu irmão me perguntar.

— Que tipo de pergunta é essa?

— Porque o desejo, para você, não lhe faz feliz.

— De onde você tirou isso?

— Olhe para essa criatura...

Viro o meu rosto e estou sobre um ser híbrido, com vagina e pênis, nu à minha espera. Não há gato mais, não brinco com a fofura. O ser me olha e me dá consentimento claro, falado, e eu me farto em suas partes, pouco me preocupando com gênero, olhando para a vagina molhada e tocando meus dedos nas suas entranhas, olhando também para o pênis e deixando que ele viesse pela boca em minhas entranhas.

Olho meu irmão e ele já não está mais lá. Estamos apenas os dois, ser e eu, deitados no corredor do apartamento, embolados de vontade, afundando-nos na tristeza, olhando aquilo que falam os olhos, mas também os suspiros, os toques, a pressa da vontade. Sinto, então, o ser se acomodando no meu colo, buscando fincar-se em mim, como se me abrisse o mar para além do aquário, as dezenas de alevinos no convívio de um peixe branco grande, como uma mancha que escorre em minhas pernas.

Não sei se estou dormindo ou acordado, porque não vejo a diferença. Sei que estou de volta ao plano onde os sentimentos são nomeáveis, ainda que completamente imensuráveis. Sei o que é tristeza, mas não consigo mostrar a você o tamanho dela. Sei o que é desespero e você jamais saberá que ele cabe de corpo inteiro, em pé, com as mãos levantadas e que ainda sobram paredes que ele tentará escalar em vão.

Sinto que a roupa está molhada, não há como confirmar.

— Tato! — grito.

Não há humilhação maior que, depois de uma polução, você tenha que ser limpo por aquele a quem você não consegue mais representar fonte de vontade sexual. É pedir que se reconheça, por meio da servidão, que o desejo ainda existe, mas repleto de angústia, na confusão imperfeita das cobras que ululam na cabeça das medusas e que petrificam os sentimentos, a serem organizados um a um.

— Que foi, meu amor? — ouço um tom amedrontado na voz e presumo que, dada a situação, gritá-lo talvez tenha elevado a expectativa da desgraça.

— Eu preciso que você me limpe e sinto muito que você tenha que fazer isso.

— Você fez xixi ou cocô? — me pergunta como se conversasse com uma criança.

— Eu gozei, Tato.

Ouço o silêncio. Não há nada mais alto. Posso imaginar expressões dele que ele será muito elegante em confirmá-las.

— Você teve um sonho?

— É a única explicação para quem não pode se tocar, não é mesmo? — E noto que minha fala saiu mais ríspida do que eu gostaria, mais rude do que a situação permitiria. — Sinto muito, estou envergonhado.

— Vergonha de quê?

— De você ter que limpar aquilo que não foi alcançado consigo…

— E com quem foi?

— A questão é que não é com quem, mas com o quê, Tato. Não se preocupe, que não existe outra pessoa em minha vida.

— Não pensava que você estava me traindo, eu só quis entender o que despertou esse sinal de vida, já que seu corpo parece estar buscando dar mais sinais de morte.

Conto o sonho para ele, que me ouve sem interrupções. Sinto o sacolejar do corpo inerte ao ser despido, limpo e vestido. Sinto muito.

— O que você acha que seu sonho quer dizer?

— Mais do que sobre erotismo, creio que ele fala sobre um paradoxo de gêneros. A pergunta que me irmão fez fica mais evidente do que a efetivação do ato com a hibridez. Ser feliz ou realizar desejos... por que meu inconsciente está separando a felicidade do desejo? Que desejo é esse que não pode significar felicidade?

— Alguma ideia?

— Eu nunca achei que pudesse ser uma questão de aceitação, mas talvez seja. Afinal, o único personagem visível e reconhecível nesse sonho foi meu irmão, mas invisíveis também estavam uma tia e minha mãe.

— Sua mãe lhe deu um aquário.

— Sim, é o que todos os pais fazem: colocar filhos em aquários. Pensamos ser livres para nadar no rumo que quisermos, mas estamos presos nas mãos que seguram os aquários.

— Que são as suas mãos e não as de sua mãe.

— A ilusão... Quem a mantém sou eu. Mas por que a mantenho? Para ser feliz ou para realizar meu desejo? Quem, aliás, me pergunta isso é uma pessoa sem dúvida alguma sobre o ser que carrega.

— Que espera uma tia que toma muito tempo para realizar o desejo... o que isso quer dizer?

— Penso que há pessoas que esperam toda uma vida para voltar ao aquário depois de nadar no mar aberto. É escolha ou necessidade?

— Estar em mar aberto pode ser bastante exaustivo.

— Também o é estar em um aquário.

— Você escolhe ser livre ou você sente a necessidade de ser livre?

— Que diferença isso faz?

— Se você escolhe, não importa muito se está no oceano ou no aquário. Se você tem necessidade, tudo provavelmente contará na formação do cumprimento desse desejo. Parece-me que a escolha está relacionada à felicidade, enquanto a necessidade está relacionada à questão do desejo.

— Não há maneira de que a felicidade seja também uma necessidade?

— Se fosse uma necessidade, haveria a depressão?

— Se há depressão é, portanto, por que há escolha?

— Se há depressão é porque, na possibilidade da escolha, a necessidade é conhecer-se a si mesmo para saber o que escolher.

— E o que se escolhe?

— Viver ou não, penso eu. Não apenas no sentido de continuar vivo ou morrer, mas sim sobre as possibilidades que existem para construção de uma vida na tentativa de entender quem se é, o que se é, como, por quê. A necessidade é o conhecimento, o autoconhecimento. O desejo está em saber. A liberdade está em decidir.

— Decidir sobre o que? Suicídio?

— Também, mas não apenas. Decidir aquilo que está relacionado à paz de espírito, à tranquilidade do ser, ao entendimento compreendido de que se é e se está, que deveria bastar, mas não basta. É preciso levantar o manto verde e descobrir o que há por debaixo de muitas formas, o que as serpentes nas cabeças de medusa petrificaram e com que expressão viraram pedras. Até as pedras já tiveram sentimentos um dia, Tato.

— Você acredita estar virando pedra?

— Eu já sou uma coleção de pedras, meu amor. O que eu ainda também sou é a falta de força, aquilo que não move, que apenas busca estar curioso para o próximo passo.

— Você tem curiosidade para saber como terminaremos o dia de hoje?

— Você não?

— Eu tenho medo de que terminemos com a certeza de que amanhã será igual, porque ainda agora mantemos a esperança de reverter a situação, talvez por não efetivamente sabermos o que lhe aconteceu. Mas a certeza de mais um dia me aflige, não apenas por mim, mas especialmente por você.

— Não, meu amor, especialmente por você, não apenas por mim. Sua frase está com a referência errada e não há nada de errado em admitir isso. Eu entendo o peso que tudo isso trouxe para sua vida, você que já carregava tanto da minha depressão nas suas costas. Ninguém fica depressivo sozinho, Tato, sem que isso ultrapasse a pele e se instale um pouco naqueles que nos rodeiam.

— Sim, meu amor, porque eu estou cansado e me sinto impotente por não conseguir lhe ajudar.

— Mas quem lhe pediu ajuda, Tato? Veja bem, não quero ser ingrato, mas eu nunca lhe dei a responsabilidade da minha cura. Se você se sente impotente, é porque tentou assumir o controle de algo que você não controla. Nem eu consigo controlar.

— O amor pede a tentativa.

— O amor-próprio pede limite.

Tato se emudece. Sinto que a cortina na janela dança com o vento, essa força que tomamos por verdadeira, porque a sentimos, mas não comprovamos. Não cientificamente. Ali, ao momento do ato, há como confirmar se é vento ou outra força? Não seria mais um pedaço de minha alma a me abandonar depois de mais uma estátua de pedra ter se formado no meu ser?

— Você parece amar o desprazer de viver.

— Não, Tato, eu só não tenho amor pelo prazer, porque não o sinto. Se você tivesse ideia do quanto sofro, não ousaria pensar que tiro satisfação desse sofrimento. Viver é deitar-me ao lado da serpente que ocupa todos os lugares da minha vida e que, olhando para mim, não oferece perigo, ainda que eu saiba que ele está lá. É quanto mais tirar o kudzu de cima de todas as coisas que penso ainda estarem vivas e descobri-las mortas ou agonizantes, descobri-las apodrecidas, reféns de um momento em que foram vivas, limpas, mas sem testemunhas disso, nem mesmo eu.

— Não quis dizer que você sente prazer em estar assim...

— Mas tentou me dizer que a responsabilidade, talvez por uma questão de muito ou pouco esforço, é minha de não melhorar. Não é. Se fosse, eu não escolheria sofrer.

— Eu entendo.

— Talvez até determinado ponto, mas não na dimensão da realidade. Você tem uma noção do que eu posso racionalizar com meu consciente sobre o sofrimento que sinto. Se meu consciente já é nesta dimensão, você consegue entender o constante estado de tortura ao qual está submetido o meu inconsciente?

— Foi isso que seu sonho quis dizer?

— Não sei se foi isso. O sonho é apenas mais um pedido de socorro.

— Você se conhece, talvez consiga buscar uma maneira de proporcionar esse socorro.

— Você se conhece, Tato? Se eu perguntasse: quem é você, sem que você pudesse usar características relacionadas a aquilo que você gosta ou não, daquilo que, externamente, lhe traz prazer, o que você me responderia?

— Não sei...

— Mas de alguma maneira, mesmo você não sabendo, você consegue identificar no seu ser alguma coisa que lhe faz ser quem você é. A sua autenticidade está em você, mesmo que você não consiga decupá-la.

— E você não consegue?

— Tato, eu tenho vivido todos esses anos com uma máscara, um personagem que fui adequando justamente porque esse ser autêntico está por debaixo da manta verde, que continua crescendo. Só vejo forma, mas não sei o que é, se está vivo ou agonizando, se está podre ou em vias de apodrecer, ou se ainda resiste bravamente.

— Se resiste, uma hora você descobre.

— O problema está em tudo o que se descobre antes de finalmente encontrar o que resiste ou não.

— Não vale a pena?

— Eu estou cansado, Tato. Exausto.

— Eu também... Bom, vou buscar seu almoço. Melhor comer agora, antes que Elisa volte. Assim tenho tempo de dar outro banho em você, se você quiser.

Eu sei do seu cansaço, meu amor. Eu sei...

Não preciso tomar outro banho. Se ele quiser, pode ficar aqui pensando junto comigo: ele, para entender o que ainda faz aqui;

eu, para entender o que preciso fazer para não mais estar. Sem mim, não há dia nem para mim, nem para Tato, nem para Elisa. Cada um viveria suas próprias horas.

14.

Deixemos o passado sossegado em sua soneca vespertina e que seja o dia, a tarde, a folia nas pontas dos dedos de quem dança e reza. Tantas pessoas deixam de comer carne às sextas, às quartas, com a vontade de encontrar o caminho. Quem não consegue, pede a Deus, ao analista, à família, ao fim. No Carnaval, ninguém se pergunta de quem é a criança perdida que chora e vagueia entre a multidão gritando que, se fôssemos sinceros com as nossas emoções, a vida talvez fosse muito melhor, bela e doce.

No entanto, ela é mentirosa e tenho certeza que é por isso que continuo ouvindo nesse rádio velho a mesma mulher cantando o drama do Pierrô, ainda que esteja cansado de saber que, na realidade, ele largou a Colombina para viver com o Arlequim num quarto e sala no centro da cidade de onde, pela janela, em dias de tédio, de calor, de fumaça e gente feia que sobe e desce dos ônibus, olham e pensam que, um dia, talvez, convidarão as travestis para tomarem um café e quem sabe algo a mais. Para quem vive, sempre é bom expandir as possibilidades.

Quando meus pais se separaram, eu deveria ter aceitado a proposta daquele homem para abandonar tudo, um só trajeto de ônibus e ir viver a vida num sítio, sem que soubessem do passado, apenas aquilo que eu permitisse contar entre fornadas de pães e biscoitos de queijo, já que dizem que o melhor polvilho é do pilão em que amassamos nossos corações sorrindo.

Mas, convenhamos, as possibilidades de me acertar na vida eu tampouco teria se continuasse contando histórias mínimas para as meninas que mascavam gomas na porta daquela boate da Zona

Sul, ao invés de buscar ajuda. Tato veio depois. Elisa veio depois, mas, há muito, eu já buscava encontrar nos exames médicos algo que justificasse meu sofrimento. Desejava câncer, alguma doença autoimune. No entanto, sempre saía dos consultórios com uma receita de novas lentes para os óculos, como se olhar para fora realmente fosse o problema.

Eu já me cansei. Desisti de tentar acreditar numa Páscoa, na transformação da carne em promessa da alma, na salvação do espírito, na redenção de uma vida que não deveria ter existido. Persistindo o estado em que me encontro ou não, precisarei convencer Tato que a morte é a única possibilidade. Como explicar para ele que, ao me ajudar a morrer, mais do que me assassinar, ele me fará, por fim, viver? Mas ele não precisa se preocupar porque, enquanto estiver aqui deitado, meus braços estirados paralelos ao meu corpo, sem ver, não hei de nada fazer, apenas manter a possibilidade dele se deitar no meu colo, ainda que não o sinta, e chore como faz todas as noites, mesmo que pense que eu não veja, porque tampouco sou tão filho da puta como pensam que sou.

Lembro-me de quando pedíamos uma pizza, tomávamos uma cerveja, deixando-nos convencer de que ficarmos juntos era a melhor solução, porque a vida sem nossas presenças seria pior do que o pior que ela já estivesse. Sinto que o enganei. Sinto que deveria ter vindo com um aviso exposto de que, comigo, ele continuaria sozinho, fazendo crescer pela casa o cheiro do café às cinco e meia, o pão quente, a manteiga derretendo, sem que eu estivesse no quarto tecendo uma colcha que cobrisse todas as coisas, que me fizesse sentir inútil ao sonhar com os nossos planos que nunca se cumpririam, mas que, no melhor dos casos, me ajudariam a suportar essa certeza de que, a vida toda, escolhemos mal os destinos que percorremos.

Tato tem um dedo podre para o amor e para escolher mangas na feira.

Sempre nos sobrou coragem em momentos inoportunos, especialmente quando deveríamos ter pensado que todo ano tem Carnaval, tem Quarta-Feira de Cinzas, tem Quaresma, promessas de redenção. Há algo pior para um depressivo que renovar a esperança numa harpa que toca como se nos recebesse no céu? Uma mãe que nos pede para pensarmos positivo, mantendo a ilusão fantasiada com brocado e cores fabricadas pela ansiedade.

O masoquista sente prazer no sofrimento, no êxtase da dor que o invade pelas veias e que, misturado ao suor de quem muito busca sem encontrar, inscreve em seu corpo, como letra na melodia de um samba, o apreço pela agonia. Depois de tantos anos, o masoquista já sabe cantá-lo de memória, porque não há nada novo que possa descobrir da possibilidade de, assim querendo, não sofrer. Por outro lado, o depressivo não sente prazer no sofrimento, porque não há esperança do gozo, mas sim uma crescente desesperança amparada pelo desespero de não haver saída.

— Há quanto tempo você já está aí?

— Acabei de chegar — responde Elisa.

— Como você se sente?

— O que eu sinto importa para você?

— Importa, porque é a maneira de eu saber de outros sentimentos que não os meus.

— Estou preocupada com você.

— Isso não é um sentimento, Elisa, é um estado de espírito. Se você não se preocupasse comigo, não precisaria ser minha terapeuta.

— Estou angustiada por não saber o que fazer para ajudar você a ter uma vida mais suportável.

— A angústia é necessária para encontrar soluções, ainda que nem sempre as soluções encontradas sejam as melhores ou as mais adequadas. Se não houvesse angústia, não haveria invenções, coisas novas. Para muitos, a angústia é um propósito.

— Para mim, é sinônimo de que estou fracassando.

— Para fracassar, você precisa de um parâmetro. Quem o estabeleceu foi você. Ele é maleável se você quiser que ele seja.

— Você me buscou com o objetivo de ficar melhor.

— Elisa, eu a procurei com o objetivo de não piorar. É diferente. Se este é o seu parâmetro, saiba que não me sinto pior, sinto o que sempre senti. Uma apatia que recobre todos os cantos, mas que deixa de fora apenas um suspiro de fossa a exalar os gases daquilo que morre sem que tenhamos, você e eu, qualquer controle.

— Como você analisa o fato de você estar na cama paralisado e cego?

— Como uma circunstância, sem referencial de melhora ou piora. Para alguns, que pensam que vale manter a vida a qualquer custo, é uma melhora. Estou impedido de tirar minha própria vida. Portanto, ela está sendo mantida e o corpo intacto, casa do Espírito Santo, mantendo o alcance do divino até que esse divino me permita terminar. Para mim, é apenas uma questão dialética.

— Seus médicos não encontram explicação...

— E para que precisamos explicar tudo o que nos acontece?

— Para que não aconteça de novo, com outras pessoas, oras!

— Está vendo! Motivo errado. Se você me dissesse que era para oferecer uma alternativa a alguém que, ao encontrar um sentido naquilo que lhe acontece, pudesse recuperar a possibilidade de escolher um novo trajeto longe daquilo que o murcha, eu veria uma nobreza no ato. Agora, ninguém pode impedir que nada aconteça. É quase narcísico pensar que o controle é resultado do esforço intelectual humano. O que você acredita que aconteceria se, num dia qualquer, uma raposa amanhecesse cega e paralisada?

— As raposas não pensam.

— Quem afirma?

— Não é o mesmo raciocínio que o ser humano tem.

— Precisaria ser o mesmo? A vida é a mesma em cada corpo?

— Nós somos capazes de dar significado às coisas...

— Eis aí a nossa perdição.

— É como se você defendesse a ignorância.

— E o que você chama de ignorância? O fato de não dar significado ao que lhe acontece ou ser comparada com uma raposa?

— Ao fato de não ressignificarmos a existência a partir da vivência.

— É um pouco arrogante pensar que apenas os humanos ressignificam a existência a partir da vivência. Um antílope, quando foge pela primeira vez de um leão, ressignifica a existência a partir daquela vivência. Não nomeia o que sente, não racionaliza os sentidos, apenas age diferente.

— É o que você está fazendo ou tentando fazer agora?

— Desde que o dia amanheceu hoje e me vi dessa maneira, tenho pensado que, se houvesse uma alternativa, eu a quereria apenas para poder voltar a enxergar e a me mexer? Acredito que não. Recuperar o sentido não faz a menor diferença quando o problema independe do que se vê ou daquilo que se movimenta.

— E o que faria a diferença?

— Eu daria mais um dos meus sentidos se pudesse conviver com todas as deficiências desde que não houvesse a ineficiência do meu ser. Pedir câncer em troca de uma boa saúde mental me parece justo, ainda que ambos levem, talvez, ao mesmo destino de morte. A diferença é que, com câncer, morremos cientes de que a doença não impediria de sentir a tristeza ao nos aproximarmos da morte. Com a depressão, morremos cientes de não há sentimento algum que mova a energia quanto mais próximo se está de morrer. Deseja-se a morte, porque a morte parece melhor, um estado de alívio, de liberação.

— Tato me contou que você teve um sonho que lhe fez movimentar essa energia hoje...

— Tato acredita que o sonho é sinal de que há respiro, de que há possibilidade. Diante de uma imensidão azul-turquesa, mesmo você sendo totalmente cinza, haveria possibilidade de nadar nesse azul e aproveitar para recompor aquilo que se desmorona. No entanto, o sonho é um sonho, repleto de combinações que nossas memórias fazem e às quais, assim como na cena quente de um filme, seu corpo reage. Gozar nunca foi e jamais será confirmação de estar vivo, ainda que eu tenha vivido o sonho.

— Sim, por alguns segundos.

— Para voltar ao estado de absurdez na sequência. Mais do que um peixe branco que, flutuando na ilusão de seu oceano, escorre pelas pernas, as intepretações subcutâneas são mais importantes para confirmar que não tenho a mínima ideia acerca da autenticidade do meu ser.

— Não seria o seu ser tudo isso que você contesta?

Ouço uma buzina ao longe, que me prende. Rua, cidade, semáforos, vermelho, amarelo, verde, gritos, fritos, carros, pernas, mercados, bancas, cenouras, batatas, calçados ao preço de uma dúzia de bananas, fumaça brotando do esgoto, costume, crianças que vão à escola, adultos que não saem dela, música num rádio ao longe, um ouvido que a escuta perto, ao telefone, a voz de alguém que ama, os braços e mãos de quem odeia, as janelas abertas, o vento da manhã estuprando a vida, sacramentando o espaço, a cena, o palco. Deus está num céu de azul mentiroso. Falso. Invejoso. Vaidade sagrada.

15.

Para quem vive numa caixa de sapatos: calçadas e asfaltos.

Ali, deitado na cama, eu deveria dar um ultimato, mas há ainda muitas coisas que preciso entender antes. Sigo ouvindo, no apartamento ao lado, a canção me dizendo que a dor espera que eu morra, mas que o amor deseja que eu mate e, veja bem, estou a ponto de fazer ambas as coisas em busca de um sorriso que, pelo sarcasmo da minha existência, não consigo pintar de branco. Minha vida, creia.

Talvez fosse o inferno mais quente e lilás com a genialidade de quem pecou longe do desespero. A satisfação e a redenção de enfrentar medos e cravar neles duas, seis, nove balas, silenciar pensamentos, calar a boca da serpente que me domina, que me imobiliza, que me cega. Acabar de vez com a tortura de me enfrentar, de entender o desamor pelo cotidiano que cheira, tão simples e delicado, quanto a cebola e a pimenta-do-reino. Tudo que deveria bastar parece, quase sempre, um recado de impotência.

É uma batalha exaustiva tentar sufocar a vontade de sair correndo, de me embebedar no bar mais próximo, voltar a fumar, flertar com homens que apareçam com calças mais cheias de promessas e que, eventualmente, poderão até cumpri-las, ainda que sem a rijeza dos dias e a maciez da cama, os lençóis amarelados e os travesseiros emanando a regularidade de quem é feliz e dorme. Não. Cá estou, preso em mim mesmo, mofado, cheio de manchas, imagens que nem o mais terno dos gestos é capaz apagar.

Cada vez que a vida acontece, que o vento bate uma porta, que alguém ao longe sorri para outro alguém, mais se reforça o arrepio da minha pele. Muitos já me disseram que eu deveria me esforçar mais e, a cada palavra, o desejo de tentar me ajudar faz girar a chave e atirá-la no primeiro oceano que as horas vivas me fazem cruzar a nado. Não. Ninguém sabe onde encontrar aqui dentro, um colete salva-vidas, uma máscara de oxigênio, algo que permita acreditar outra vez.

A depressão é uma luta sem sentido por uma vida longe de mim. Ela me obriga a não me esquecer, a ir atrás de mim, investigar minha vida, a ter com minha mãe, pobre, tão certa e crente de que, pelo poder materno, é capaz de resolver qualquer problema que lhe apresente a cria. Deve ser muito complicado lidar com a frustração da impotência, especialmente para uma mãe. Quanto mais ela se veste com o véu azul do modelo de mulher que lhe puseram no caminho, mais há o distanciamento da realidade, como se me olhasse com olhos de vidro.

Talvez, no mais escondido canto de sua existência, ela se pergunte por que não pode ter a dádiva de filhos com problemas menores... quem sabe até deseje poder me apagar das memórias da casa, pedir de volta o sangue que compartilhou comigo pelo cordão e que, eventualmente, estará esparramado pelo chão depois que eu me rasgar com uma faca da mesma maneira como se trincha um pedaço de carne.

Sofro em pensar que, ao meu redor, aqueles que me garantem amor são como gatos que saem à caça e retornam com o rato na boca, uma oferenda em troca da salvação. Tato é um leão que me alimenta todos os dias e, no entanto, talvez sem a esperança de me beijar mais uma vez com a mesma paixão do dia no adro da igreja, acompanhados de sombras e luzes que formavam geometrias nos bancos.

Ele deve chorar, agora que está distante de mim, que me deixou com Elisa na tentativa de reviver membros e olhos, de me fazer recordar nós dois juntos como naquela fotografia que mantivemos na estante da sala. Confesso não entender por que chegamos até aqui e dessa forma, como personagens da letra de um bolero barato que algum vagabundo cantará na boate da esquina, com os lábios gordurosos e flertando com o peito cabeludo de um macho que masca um palito exalando malandragem.

Olhe, Tato, não tenha vergonha. A culpa nunca foi e jamais será sua. Estamos juntos há tanto tempo e você eu sei quem é, meu bem. Desculpe ter desparecido em vida. É complicado lidar com alguém que começa a morrer por dentro ainda dando a impressão de estar completamente vivo. Aprendemos a atuar como excelentes atores em palcos com peças interessantes, publicando em redes sociais, sorrindo nos encontros com os amigos, criando memórias fictícias em viagens. Não pense que eu não tento garantir o calor que você busca nos meus braços, ainda que a pele lhe diga outra coisa.

Deus é um apresentador, ao vivo, desse matadouro em que somos deixados com a expectativa de sermos salvos. Fico pensando, enquanto relembro seu corpo sobre o meu, que deveria ser tão fácil viver quanto também o é trocar de canal, sumir com as bailarinas do programa de auditório, sumir com as luzes, deixar apenas o tesão, a pulsão que nos motiva caminhar sobre as brasas, atravessar diretamente qualquer tragédia, porque não se tem motivos identificáveis para sofrer.

Eu me sinto inútil nesta matéria de existir. Vejo os seus amigos, maridos maravilhosos, homens que trabalham, que almoçam e jantam em casa, que jogam futebol aos domingos pela manhã, que respeitam outros homens como você, que, mesmo repetindo padrões sociais, encontram na autenticidade das relações honestas a alegria de dormirem tranquilos ao lado de quem amam. Porém, aqui você me tem, sempre com meus livros, buscando respostas para questões das quais muitos têm medo, perguntas que talvez nem considerem existir, que são apenas uma fantasia com a qual preferem se resfriar com um gole de cerveja.

Fico aqui ao seu lado, mas padeço indisposto, um mal-estar de alma que, mesmo sem entendê-lo, não me impediu de me esforçar para corresponder à sua vontade. Eu lhe dei espaço. Tentei criar uma zona de defesa para sentir tudo o que eu não deveria reprimir, o que eu não deveria tocar, o que não deveria lamber com minha língua e com mau sabor de boca. Esperei que você, por fim, se levantasse, tomasse um banho e, enrolado na toalha, viesse até mim, enfiasse a mão em minhas pernas e me arranhasse as coxas, me mostrasse como é bonito sentir vontade por um ser que ultrapassa o seu.

Eu deveria dar um ultimato. Fui ingênuo o bastante para pensar que superaria a erosão provocada pelo cotidiano ou que, muito mais simples, eu apenas conseguiria me ignorar e me sentaria ao seu lado na hora da novela, no aconchego das almofadas que você fez questão de escolher e encontrasse, por milagre, a possibilidade de me emocionar contigo, conosco outra vez.

Elisa está sentada aqui do lado, sinto a respiração dela. Ela não me interrompe e nem eu dou sinal sonoro de que estou com vontade de continuar. Quero continuar aqui mergulhado nesse sem-fim de sinapses, na busca eterna pelo frescor da dramaturgia humana, o espírito vívido entre intervalos comerciais de qualidade duvidosa, como uma coruja que sabe muito bem por onde voa na noite que sempre vem, ainda que o amanhã siga aparecendo pela manhã.

A paralisia me proíbe de cravar a faca no pescoço, nas tripas, tentando retirar com minhas mãos o ranço de dentro de meu corpo, enquanto no apartamento ao lado, como melodia do meu fracasso, assistindo à sua agonia, a canção me lembre que a dor espera que eu morra e que, então, me mate.

Ouço motos que se aceleram na rua. Não pensei que este apartamento fizesse tanto barulho. Não me incomodo, mas deve ser complicado para quem precisa de silêncio para dormir. Dormir sempre foi uma ronda de força para mim. Sempre vinha com a recusa da entrega completa. Os médicos diziam que, se há sonho, então há sono profundo. Qual o problema então que haveria por acordar imensamente cansado mesmo tendo dormido?

Certo dia, pouco meses antes, atravessando a sala de casa, senti uma tontura. Pensei que iria cair e segurei a cadeira. Ela deve ter pensado que eu a usava de uma maneira equivocada, mas me encostei nela mesmo assim. Respirei fundo e continuei até a cozinha. Quando cheguei, não tinha a mínima ideia do que havia ido fazer lá. Voltei, de novo muito tonto, para o quarto. Comecei a esquecer mais, a ter o raciocínio afetado pela velocidade com que organizava pensamentos e frases. Tudo o que eu sentia continuava dentro de mim, mas, subitamente, eu não era capaz nem de me manter em pé sem que houvesse desequilíbrio e sem que eu pudesse conversar de uma maneira inteligível.

Os médicos disseram que era esgotamento. Muitos me perguntaram se era por conta do trabalho e eu tentava responder que era pelo trabalho que dava viver a minha vida, tentando contorcer-me numa posição escultural para que me enxergassem com o pretenso interesse com o qual olham para as estátuas nos museus da Europa. Não, eu era apenas um vidro sujo por onde, brevemente, também se enxergavam, recuperando o clamor de uma automentira para que provassem, seja lá a quem for, que não havia nenhuma similaridade entre nós.

A depressão nos torna uma falha no sistema. Um relatório de tela azul que pula no computador de alguém que busca sentir-se produtivo, contribuinte, merecedor de um futuro tranquilo e feliz. O que fazemos, como sociedade, é vender o nosso presente com a expectativa de termos um futuro. Adiamos esse presente, as necessidades atuais com a vontade de um dia, quem sabe, nos vermos livres das forças e pressões do sistema. A depressão nos coloca num grupo defeituoso formado por frágeis, por fracos, como se estivéssemos numa competição de força e resiliência.

Elisa não fala nada. Começo a duvidar se ela realmente está no quarto. Será que olha para os meus pés? Ou será que manda mensagem para esse filho cujo ressentimento está tão presente que até os meus pés fazem voltar a imagem inadequada de uma dor? Assim como não admitimos que professores não saibam das coisas, creio que todos esperamos que psicólogos tenham suas relações todas muito bem resolvidas. Senão, como confiar a alguém a resolução de um problema tão profundo se não há comprovação de eficácia e eficiência? A perfeição é algo que nunca aspirei nem em mim e nem em ninguém. No entanto, cá estamos, tentando chegar o mais próximo dela.

Será por isso que rezamos pedindo que Deus nos livre de todas as tentações? Será que por isso Deus não nos atende, uma vez que Ele mesmo é uma tentação? Será que seguem buscando ter e criar filhos com a expectativa de que, por termos pais e mães, finalmente temos figuras divinas a quem pedir e sermos atendidos? Elisa sofre porque o filho dela a destituiu desse lugar sagrado? Ou foi ela que, ao exemplo dos velhos loucos do Antigo Testamento, ofereceu o filho como cordeiro para comprovar a devoção em algo inexplicável?

Quantas versões temos para o que pensarmos ser o amor?

Pessoas que dizem que não hão de repensar a decisão e que se errados estiverem, distâncias, gramados e futuros, não olharão. Não é luxúria, mas dizem que é amor.

Pessoas que, mesmo contando suficientes ao mundo, furam dedos, coçam línguas, mordem as palavras, a paixão nos dentes e o limite das mãos. O que elas precisam fazer, trêmulas, não fazem. Não é raiva, mas dizem que é amor.

Pessoas que deveriam desistir ou continuar perseguindo, medindo, fotografando, sujando calçadas, desperdiçando passos, que até continuariam sozinhas, mas com milhares de vícios, rodeadas por círculos de vasilhas pela casa para, em seguida, pingar gostas de presença em outras pessoas. Não é carência, mas dizem que é amor.

Lembro-me de um amigo da minha infância. Cristóvão, o meu amigo, sentado à mesa, ao lado do meu pai, significava menos do que ele sentado à mesa e ao meu lado. Mas, para o pai, era indiferente e não se discutia. Quando a minha mãe anunciava a comida, éramos os últimos a atender a convocação. Havia em nós essa força desertora que é contrariar, desde muito cedo, as mães. Só íamos depois de severamente ameaçados pelas chinelas. Para as mães, dor é limite e juízo.

E não era tão somente pelas palavras e pelo temor. Ficávamos, Cristóvão e eu, muito enternecidos com a força desesperada que faziam as sandálias de borracha que mãe calçava e arrastava durante todo o dia para se crerem furiosas. Ainda pequeno, eu tinha a impressão de que a mãe dormia de chinelas.

Cristóvão me dizia que era bobagem, porque eram as chinelas que dormiam nos pés da mãe. Segundo ele, era por isso que elas reclamavam tanto quando deviam se despertar em nossas ancas, agindo a contragosto, já que bater não é função das chinelas e sim das mães.

Um dia, à hora da janta, Cristóvão já estava na sala e eu no quarto. Andávamos os dois sempre tão juntos há tanto tempo que era raro essa distância tão grande de um corredor e duas portas. Não me lembro das razões. Eu era mais ocupado com a minha dor e meu sofrimento do que ele. Afinal, Cristóvão vivia sempre cheio de ideias que só botava no mundo para que eu as executasse por pura vontade de viver.

Mãe não se zangava com ele, mas comigo endurecia. Eu conhecia mais as chinelas. Se eu reclamasse, acusando também o Cristóvão, mãe diria que era para deixar de conversa fiada e encarar a realidade. Fico pensando por que a mãe de um se achava no direito de bater no outro, cuja mãe autorizava ou nem sabia.

Naquele dia, depois do terceiro grito de mãe e pai já se impacientando tanto com as ameaças dela — porque, na verdade, ele nem se importava se comíamos ou não, só se ela gritasse mais alto a cada vez que nos chamava —, ouvi o que não esperava. Pai, tem que falar para ele sobre essa amizade com o Cristóvão, disse mãe.

Antes mesmo de me preocupar em ouvir a resposta, porque não a queria, saí correndo para impedi-lo de ir. Ficou ofendido, é claro. Já não era a primeira vez. Mas quando cheguei à porta, já tinha ido embora e nem lembrança deixado. Mãe logo botou olhos em mim. A cara de orgulho me fez ter raiva e o silêncio dela. Era proteção e amor, pelo que ela me disse.

Eu tinha nove anos e, desde então, nunca mais vi Cristóvão. Pai e mãe tinham certeza de que eu já estava grande demais para acreditar nele. Eu não. Imaginário, era a única companhia que eu tinha e com quem conversava sobre coisas que não dizia em voz alta. Então penso sobre como o amor escolhe a quem matar e a quem não. Por que é tão fácil, em nome desse amor, matar a alguém e por que, tendo o mesmo amor como referência, é tão complicado deixar outros morrerem?

16.

Talvez algumas árvores saibam do que falo. Quem tem jardim sabe de tudo isso. Há tempo de poda do mesmo jeito que há tempo de plantio e colheita.

Olhando para dentro dos meus pedaços, tendo perdido a vontade de juntá-los, colá-los, prepará-los para uma recuperação, de repente me dou conta de que não tenho mais forças para estar aqui. Perder os movimentos e a visão é uma forma estranha de desaparecer. É como estar envolto por correntes frouxas, que até permitem alcançar uma angústia depois de cavar espaço entre um elo e outro, como se cada ano de vida fosse uma folha que o outono descarta.

Para o futuro, o verde é um engano. O inverno é a estação mais sincera de um ciclo. As coisas que estão detrás dele, abaixo dessa métrica, a existência se alinhavando apenas, sem a força do ponto, mas com a fraqueza da linha, quase sempre é o que trazemos nas costas. A solidão é uma doença degenerativa, incurável, que destrói o que estiver perto, sem piedade.

A liberdade não é desse tipo de conceito que se procura em paredes descascadas e se encontra naquilo que colapsa, repleta de manchas nos pulmões e com olhos anêmicos. Quem tem jardim sabe dessas coisas sobre as quais estou falando.

Essas memórias infantis, barro na boca e uma formiga arriscando saltos do topo do dedo gordo do pé, talvez sejam tão inventadas quanto Cristóvão. Uma família como uma colônia de abelhas. Um passado com a gastura que me dá a textura do mel. Uma voz que brinca comigo sentada diante de todas as promessas que eu parecia oferecer. Eu já não sei. De todas as pessoas das quais tenho lembranças, talvez a minha avó teria coragem de atender minha vontade. Rodar meu pescoço, como galinha; cravar um punhal na minha axila, como porco.

Três da tarde, um copo com água sobre o rádio.

O quarto está claro, os móveis são simples. O armário, do lado esquerdo de quem entra pela única porta, guarda lençóis dobrados, travesseiros de paina e o sofrimento calado, quase viciado em costumes, de minha avó. Pelo som, uma canção anuncia a oração, ainda hoje transmitida pela Hora do Angelus pela emissora AM, cuja sede na época ficava muito perto de onde moravam os meus avós. Pela janela do quarto, o sol atravessa o vidro empoeirado e um raio se dissolve na água, projetando uma claridade difusa diante do copo sob a penteadeira. A alma de todas as coisas.

Minha avó costumava usar um vestido de golas e na altura do joelho, em cores sóbrias, uma anágua por baixo, cuja borda aparecia quando se sentava no sofá preto da sala. As paredes eram pintadas de rosa. A televisão ficava no canto direito do cômodo central, descansando num móvel simples, algumas fotos dos netos discretamente colocadas por ali. À direita de quem entrava na sala, o quarto dos meus avós era quase um santuário. Uma cama na qual creio nunca ter me deitado, um crucifixo de madeira pendurado sobre a cabeceira. Detrás da porta, uma daquelas sapateiras de bolso, onde havia chinelos e sandálias dependurados.

Ela se movia pela casa como quem preenche todos os espaços. Em dias de celebração, meus tios vinham e iam, enquanto eu brincava no quintal que se estendia nos fundos da casa, onde havia uma figueira, uma romãzeira, algumas goiabeiras, jabuticabeiras e moitas de capim-cidreira. Os figos viravam doce no tacho de cobre, que minha mãe depois herdou junto com as receitas e o dom de fazê-las. As romãs tinham protagonismo na simpatia dedicada aos Reis Magos, todo Natal e janeiro, no dia de Reis, em busca de prosperidade. Das goiabas, não me lembro, nunca gostei delas. Das jabuticabas, o cheiro da casca depois de sair da boca. Do capim-cidreira, o aconchego da cama quando ficávamos doentes.

Dos netos nascidos na mesma década que eu, sou o primeiro. Minha avó, que morreu em minha casa, depois de enfrentar um câncer de pulmão sem nunca ter fumado um cigarro na vida. Das muitas coisas que me lembro, talvez a imagem mais nítida seja a do dia seguinte ao falecimento. Naquela manhã, acordei no quarto dos meus pais. Eu gostava de dormir de pijamas, então vestia um de flanela. Desci da cama e saí no corredor para a sala repleta de pessoas, sentadas em formato de círculo ao redor do caixão de minha avó, que era velada.

Para mim, aquelas pessoas não pareciam reais. Eram idosos muito acentuados pelo tempo e pelo esforço da vida. Rostos sulcados de rugas profundas, olhos endurecidos, corações escondidos. Havia um ruído baixo, ninguém conversava. Era como se estivessem rezando, mas os anos me fizeram acreditar, independentemente de verdade, que eram todos espíritos que habitavam já os meus distúrbios e apenas eu os ouvia e via, pensando em como minha avó era diferente de todos eles. Demorou um tempo para que eu encontrasse alguém conhecido.

Não sei se imediatamente, mas certamente logo na sequência, e aqui minha memória já está meio borrada, fui ver o corpo de minha avó para dar-lhe um beijo de despedida, que dei sem medo, sentindo ainda hoje na fina pele dos lábios o frio da pele dela já sem vida. Nunca tive, depois disso, medo algum de outro defunto e nem da visão de mim mesmo já morto. Sempre fiz questão de, em todos aqueles a quem meu coração quis e que pelas regras do jogo já se foram, dar um beijo de despedida para expressar minha gratidão, assim como espero que também me beijem; talvez também para jamais esquecer como foi o último beijo que dei em minha avó, a quem tanto amei e para quem fui algo além disto que me tornei.

Passei muito tempo na companhia de minha avó nos anos que tivemos juntos. Eu pedia para ficar com ela e, mesmo quando já estava doente, costumava me deitar perto para fazer companhia e para ganhar um cafuné das mãos já enfraquecidas. Ela, claro, fazia questão de segurar o neto, porque a minha avó era só minha. Não foi avó do meu irmão ou dos meus primos mais novos que eu.

Tantos anos depois, sigo aqui tentando entender que não existem acasos na vida, assumindo para mim a verdade de que minha avó e eu nos encontramos para que ela pudesse ir. O problema foi eu ter ficado. Sinto que, se havia em outras vidas temas abertos para resolvermos, o amor que nós tínhamos um pelo outro foi suficiente para que ela evoluísse e se fosse.

Meu avô, por outro lado, com os netos mais novos, baixou a guarda da sisudez que lhe foi posta como porte de homem. Talvez pela morte da vovó ou simplesmente porque cansou de carregar tanto esse peso social que ele nem sabia que carregava, ele era conosco um homem engraçado, amoroso, contador de histórias. Sabíamos, entretanto, pela experiência dos mais velhos, o nosso lugar, o que nunca afetou a naturalidade do nosso relacionamento.

Por exemplo, ele tinha uma verruga imensa no meio das costas e eu perdi as contas de quantas vezes, chegando à casa dele para levar o jantar, enquanto ele jogava paciência sentado à mesa que estava na área externa da casa, diante da cozinha, eu dava uns petelequinhos de leve na verruga para ver como ela se mexia. Meu avô achava graça e ria.

Depois que minha avó se foi, meus tios entraram num acordo para que um rodízio fosse feito e cada um deles ficasse responsável, a cada semana, pelas refeições do meu avô. O acordo era simples: no almoço, íamos buscá-lo em casa e ele se unia a nós em nossas casas. O jantar era levado até ele para que não tivesse, de novo, que sair da casa dele. Quando operou o joelho, ficou hospedado lá em casa, com o gesso até a altura da coxa, estendido na cadeira de fio que tínhamos no alpendre. Tenho uma foto muito bonita, usando uma camiseta azul e branca, ao lado dele sentado e com o gesso aparente. Nessa época, inclusive, eu já me sentia mais velho que ele.

Um dia tivemos o seguinte diálogo:

— Vô, para onde vai essa rua?

— Para onde ela vai, meu filho, eu não sei... mas sei que se ela se for, vai fazer uma baita falta!

Demorei muito tempo para entender que, mais do que uma anedota, o diálogo que tive com meu avô ajudava a resolver, pelo menos em parte, metaforicamente, minha questão interna com o destino. Eu nunca me senti parte do lugar onde nasci. Sei que nasci ali pelas pessoas, mas não pelo lugar. Não são os caminhos que importam, mas como você os caminha, foi o que ele me ensinou. Quantos não foram os lugares onde estive que me fizeram entender que o kudzu continuava a crescer e sufocar todas as coisas, que a serpente seguia deitada ao meu lado, porque o problema estava fincado no núcleo disto tudo ou pouco que sou.

O copo com água que minha avó colocava sobre o rádio, às três da tarde, também complementou esse ensinamento. A água era apenas o caminho que ela usava para alimentar o meu espírito com as bênçãos que ela me dava. O ritual, como numa encenação, me fazia acreditar no que eu via, olhando também para a minha avó com admiração e respeito pela conexão que ela parecia ter com o divino. Como se fosse uma feiticeira, as poções que ela me dava para beber me ajudaram certamente a ter um espírito forte o suficiente para sobreviver sem ela, mas não para viver.

Durante todos esses anos, não foi muito difícil me encontrar, diariamente, perdido na minha cabeça, tentando imaginar como seria se minha avó ainda estivesse viva, as coisas que ela me diria, como ela seria com o bisneto, como seria bom ter seu colo de volta, o que ela me diria em relação aos meus problemas e as histórias que poderíamos compartilhar. Será que eu estaria paralisado e cego nesta cama? Será que eu estaria prestes a dar um ultimato e pedir o fim? Será que ela saberia como podar o kudzu, como transformar água em soro antiofídico, como arrancar com a mão a dor que tenho no lugar do espírito? Afinal, ela tinha jardim e quem tem jardim sabe do que eu estou falando.

Eu costumava sonhar muito com ela, mas os sonhos ficaram escassos com o passar dos anos. Junto com os sonhos, muitas vezes, eu sentia a presença dela, quase um abraço, quase recuperando o tom da voz dela. Dolorosamente, essa é uma memória que não tenho mais.

A voz da minha avó se perdeu no tempo, mas ainda tenho o cheiro do pão de queijo que ela me fazia. Existem três pães de queijo que, ainda hoje, me remetem aos meus dias com a vovó: duas tias e minha mãe. Nenhum deles é igual, mas todos têm gosto de casa, têm o calor da colcha de retalhos que ela costurou para mim e que ainda tenho, que me cobre agora, imagino.

Há vazios que foram feitos para não serem preenchidos. Como uma passagem de tempo e espaço, vivendo nesta dimensão do universo, ando com uma sede de fim. Não há saciedade quando estrelas são engolidas pelos buracos negros do destino. Penso, inclusive, que vou me ressecando. Talvez seja a água da minha avó que me falta.

Elisa não sabe que, de tudo o que me lembra, apenas o que não está em minha memória é verdade. Porque nunca soube, na realidade, o que é o falso. Quando me levantei na manhã de ontem, sem ao menos pensar que amanheceria assim hoje, lá estava eu entre os vermelhos de um dia ainda envergonhado, pensando ter visto aquilo que não via e, como se também escutasse o que jamais tinha ouvido, comecei a duvidar daquilo que tinha por certo.

As paredes do quarto onde Tato e eu dormimos pintaram-se, de repente, de violeta. Também a poltrona, onde agora Elisa se senta, assim como a mesa de cabeceira, a janela, a porta do banheiro. Tropecei no tapete e nos sapatos espalhados pelo chão. Não me lembrava de tê-los abandonado ali. Sozinho, quanto mais precisava de um guia rumo à saída, mais a angústia aumentava por não entender o que me havia.

O que era verdade? O que não era?

Recuperei nos ouvidos a voz morna dos pensamentos de quando vivia na intensidade irritante do verde dos campos e sonhava em poder morrer marrom, à moda de minhas ideias, que começaram a ser postas nos papéis espalhados pelos anos.

Não via nenhum, porque era impossível ler tinta violeta em papel da mesma cor. O que se distinguia era o passado. Mas seriam as recordações dignas da crença, da fé? O que aconteceria ao fiel que visse Deus depois de duvidar da existência dele?

No desespero, fechei os olhos e acomodei-me em minhas memórias — ou satisfiz-me em minhas mentiras. Voltei para cama e dormi. Entre sonhos e cores, debaixo de minhas cobertas, esqueci-me do mundo violeta dentro do qual tinha me percebido, mas minhas memórias também já começavam a ficar opacas, quando Tato, que enxergava perfeitamente de algum lugar que não sabia onde, me acordou aos solavancos e gritos:

— Meu amor, o que há com você?

— Quero morrer, Tato.

No canto, vi minha avó segurando um copo com água. Ela sorria. O gato também a viu, porque a encarou e miou para ela.

17.

Um professor uma vez me disse: repita comigo, decore as palavras, sinta a força que elas carregam, todas oxítonas e acentuadas apenas aquelas que terminam em a, e, o. A língua portuguesa, voz da melancolia.

Aprendi cedo e repeti tantas outras vezes. O barro na boca passou a dar nojo e as formigas já não me escalavam, não pulavam do meu dedo gordo do pé. Quando as pessoas de toda a vida começaram a não mais estar, eu também já estava distante, perdido em tantas águas da diferença retórica. Talvez sejamos todos iguais, com o pequeno toque que seleciona uns em relação aos outros e nos planta uma semente no ser, que pode ou não germinar. Cá estou eu, coberto pela manta verde de um kudzu e vigiado por uma serpente com uma fenda do tempo no lugar da íris no olho.

Quem tem jardim sabe também que se pode encontrar muitas outras coisas nesse mundo ancho, caótico, despreparado para outros mundos. Demasiadas coisas, eu diria. Foram muitas as cobras-cegas, besouros rola-caca e anéis de plástico, daqueles que vinham junto com as gomas de mascar, que eu mantinha entre os dentes apenas enquanto havia caldo. Depois passei a não gostar de molhados, melados e afins.

O futuro. A maior invenção de todas. Das coisas encontradas, já não tenho quase uma, apesar de ter continuado a ver anéis de plástico por aí, nas estantes, nas mãos de gente que, já grande, se esqueceu ou não quer se lembrar. A exemplo dos insetos, a cura está distante das minhas mãos.

Vive-se porque se sobrevive. Não nos restam mais escolhas.

Algum pássaro. Lembro de ver um sobrevoar a piscina e ele era azul. Voltei no tempo e subi uma rampa, na casa daquela costureira onde mandavam coser vestidos que minha mãe usava em bailes, enquanto eu dormia de olhos abertos. Não há asas que, quando alçam, me fazem escutar mambos na voz de alguém que segura um copo e dois cigarros. Não sei quantas foram as vezes em que me imaginei, já naquela época, no corpo de outras pessoas, de tão amedrontado com o que não havia para dizer. Estou certo de que nasci com depressão, marcado com o defeito da sensibilidade.

Elisa segue aqui. Pode ser que já tenham se passado horas ou talvez tudo isso esteja durando não mais que dois minutos, como a firmeza da voz de alguém que me manda notícias em uma mensagem que plantei num xaxim, com o desejo de que ali brotasse o que de mim mais me faltaria numa tarde de calor como esta. Eu devia ter uns oito anos, quando me levaram a uma curandeira, que me disse que eu padecia de quebranto.

— Quando esse menino foi feito, faltou-lhe tempo para escolher o corpo. A alma veio maior e agora o sufoca, muito apertada, num espaço que não lhe convém. O que já está feito, não há como mudar.

Quando o incômodo é apenas o mormaço na moldura da estante com um sorriso seu, você, sim, se torna o culpado por viver história de barro, pesada e morta. Bebi do que me deu e aquela mulher, de repente, chorou lá fora atormentada por vespas e moscas, gritando por ajuda, que ninguém ofereceu.

— Não há nada que se possa fazer. Às vezes, nos buracos da estrada, com os baques da vida, a alma se ajeita melhor dentro dele.

Quando não se tem espaço, cria-se movimento para conseguir prazer naquilo que pretensamente nos permite ter uma noção real da vida, como querer fazer parte do grupo de meninos que matou aquele pássaro azul com o olhar antes que pousasse em algum outro abraço. A compreensão e a calma de minha avó não estiveram presentes, nem a vontade de crescer de tão lívido era o amanhã.

Sobrou, em mim, apenas este homem que Tato tanto amou. Este que tanto o torturou e o corrompeu. Antes de mim, a marca na cama era do corpo dele, somente. Mesmo que eu me vá, a cama dele já estará marcada, a exemplo dos insetos, raridades e distantes das mãos. Ele dormirá no oco que provoquei na terra em que ele pisa. Depois de mim, a chuva o emocionará apenas quando relampejar.

Quem tem jardim sabe muito bem de tudo isso que estou falando. Há simplesmente boas mudas que não persistem. O meu medo sobrevive na antera dos dias, enquanto as noites me regam. Com Tato, a valsa se emulava em alimentar ambições. Nós dois corremos o risco. Eu não tinha nada a perder. Ele plantou em mim, neste ser apodrecido, uma raiz que respira e que, talvez, hoje definha, sugada pelas parasitas que crescem dentro.

No apartamento ao lado, a vizinha solta a voz, mais que cotovia nos ouvidos daqueles anos, nas memórias que tenho da minha mãe, no espaço antes de me infectar com sementes de peste e ovos de víbora. É difícil me lembrar da infância depois de envelhecer à força. Quem tem jardim — ou teve — sabe. Histórias muito diferentes e além das que as calçadas podem contar. Das bordas dos portões, dos pés no passeio até a porta, das estradas, das cidades, lugares para se descobrir sorrindo, um monumento histórico no centro de uma praça, uma estátua de Elisa me observando, agora, deitado nesta cama e pedindo o fim.

Nunca me importei em ser abusado. Todas as vezes em que Tato punha a mão em mim, o martelar, dígito, o som das estocadas, eu gostava. Eu precisava dessa música para pensar que vivia. Mesmo quando trocava meus grunhidos pelo sexy Al Green que acompanhava as visitas de quaisquer em algumas noites longas, não ligava. Era em mim, matutino, que ele despejaria o primeiro bafo, ainda cheirando ao desespero que fica na cama depois que os discos no aparelho de som terminam de girar.

Eu compreendia. Independente, menos de mim, mais de nós. Não fosse a mesma variação, ir e voltar, os dias, quando éramos nós e dedos, seríamos nas manhãs seguintes persistentes como os pensamentos que preenchem brancos no teto do quarto, ou na próxima semana, ou no mês de agosto, ou nos dez anos que se seguiriam até hoje, quando ele precisa limpar mijo, bosta e gozo em mim.

Talvez por isso ele não venha aqui com frequência, me deixe na presença de uma Elisa muda mais porque não sabe mais o que dizer do que para me dar espaço em razão deste fluxo de pensamentos, que você, leitor, acompanha por detrás dos meus olhos. Tudo o que tenho dentro de mim é depressão e leitores. A diferença é que meu leitor não responde. Vira as costas e vai. O kudzu fica sendo regado por mijo de cobra.

Reparo o lugar. Dois por dois empilhado de promessas passadas. Algumas caixas empoeiradas, uma bicicleta desnuda, bolas murchas, uma televisão sem botões e um piano imenso entre eles, conservando ainda muito da arrogância do verniz e do esmalte de outros tempos, porém sem muita dignidade. Será que eu deveria lhe trancar a porta?

Ouço a campainha. Ouço as duas passadas da chave. Mesmo se quisesse — até poderia pensar nisso —, não fugiria. Pior que correr atrás de alguém que já não quero mais ser é continuar a me fazer companhia. A porta se fecha, ouço vozes.

Alguma panela se revolta na cozinha.

18.

No quarto, o silêncio, como aquele que antecede o início de um concerto, quando o maestro está no pódio e se pode ouvir o farfalhar das roupas, até que alguém tussa. O silêncio também tem seus sons.

Não me provoca angústia não saber o que acontece ao meu redor, porque é dentro de mim onde os violoncelos tocam, onde não há *pizzicato*, onde tudo é adágio. A campainha, o barulho das chaves e das panelas vieram como um momento de percussão, um momento em que o maestro nos traz atenção para a mudança do andamento.

É impossível seguir crendo em milagres, posso garantir.

— Meu filho...

O cheiro de minha mãe, como sempre, tinha chegado antes da voz dela. Junto com ela, veio o toque no meu rosto, uma mão que, se pudesse, me abriria o peito para arrancar tudo o que dentro dele me impede de ser o filho com a vida que ela sonhou para mim quando me deu à luz. A luz que cega. Extirpariam violoncelos, kudzu, serpente, vozes, tosses, farfalhar de roupas que usam a depressão em diferentes ocasiões, sem se preocupar com gala. As mães, se pudessem, seriam elas mesmas o Deus em que acreditam.

— Como você está, meu amor?

— A paralisia do corpo e a falta de visão são incômodas, mas não são o que me causam o sofrimento, mãe. Talvez elas tenham ocorrido para que vocês pudessem materializar aquilo para o qual eu jamais consegui dar dimensão.

— A vida é uma benção, filho. Deus lhe deu a chance de viver.

— Bom, não para todos, mãe... para alguns é um castigo, ainda que Deus diga que está lá e a pessoa o ouça. A presença de Deus na vida não faz da vida uma bênção.

— É complicado, não é? Tem gente que passa por provações a todo instante e ainda assim não desanima, não perde a fé.

— Cada um sabe o preço de sua dor, mãe. Se a presença de Deus nos causa mais frustração, culpa, então é preciso matá-lo.

— Não diga isso...

— Veja bem, o fato de você não ver a vida como milagre ou bênção não quer dizer que você não tem fé ou seja ingrato. Ver a vida como milagre é, claro, um ponto de vista. O problema é que, quanto mais se difunde a ideia de que a vida é um milagre pelo qual deveríamos estar todos gratos, mais os depressivos são incompreendidos. A vida pode ser o pior dos castigos e, ainda assim, a pessoa continuar nutrindo a sua fé, agradecendo seus privilégios, esperando pelo milagre. Eu não mais espero.

— Concordo em partes com seu ponto de vista. Mas será que o depressivo consegue fazer essa análise?

— Claro que sim. Por que não conseguiria? Depressão não é estado de psicose.

— Você relacionou a vida como sendo um castigo para com a fé, para separar a ideia de que a depressão não é falta de Deus, certo?

— Não. Eu separei os conceitos. Para você, a vida está relacionada ao milagre porque se tem fé. Depressão não é falta de Deus, porque mesmo o depressivo pode continuar acreditando em algo que o motiva a viver mais um dia.

— Eu também acho que não seja. No entanto, eu não consigo ver a vida de outra forma que não seja um ato de fé.

— Mas a vida, para você, por si mesma, já seria uma benção. Vida seria o mais sagrado que teríamos, porque ela é comprovação da existência de Deus. Mas não é.

— Não sei ver de outra forma.

— Não haveria Deus na morte? No sofrimento?

— Sim. Tudo o que passamos é porque temos a permissão dele.

— Então porque a vida, por si só, deveria ser uma bênção e um milagre pelo qual deveria eu estar grato e a morte não?

— Eu consigo ver o lado bom mesmo na pior das tragédias. Muitas coisas são livramentos, meu filho. Pode ser que o fato de você estar paralisado e cego seja um livramento. Pela oportunidade de continuar vivo.

— Mãe, eu posso ser ingrato com a vida, porque ela é fonte de sofrimento e, se desejo a morte, não estaria eu também desejando a Deus?

— Talvez sim. Aí vai de cada um desejar o que nutrir dentro da própria vida. Alguém que deseja a morte não encontrou motivos para querer continuar vivo. Envolve amor, em tantos sentidos, realizações, envolve também as perdas que passamos em determinadas áreas. Eu estou entendendo o que você está dizendo, não acho que você seja o errado e eu a certa.

— Mas não é isso o que a religião ensina. A religião ensina que a manutenção da vida deve ser a qualquer custo. Condena-se o suicida ao Inferno porque ele ousou recusar a Deus no milagre de viver.

— Eu só não teria nem coragem de questionar isso.

— E por que não se pode questionar? No que o ato de questionar lhe transformaria? Oras, se você não tem coragem de questionar, é porque tem arraigada a crença de que o milagre da vida, por si só, é Deus. Questionar a vida seria questionar a Deus. Cogitar a morte seria questionar a Deus. Logo, quem cogita a morte e a busca, recusa a Deus. O que não entendo é porque a morte, sendo também Deus, fica desequilibrada no peso da balança quando, do outro lado, está a vida.

— Entendi. Talvez seria porque desejar passa a ser uma vontade sua, quando na religião se vive a vontade de Deus.

— Mas não seria o livre-arbítrio um presente de Deus? Qual o problema de se questionar a Deus? Por que há que se ter a Deus numa posição tão autoritária? Se você sofre, se você está doente, se você está com depressão, se você passou por um trauma imenso, não estaria Deus contigo em todos esses momentos? Já não está Ele dentro de você também sofrendo? Por que é que a minha vontade também não pode ser a vontade de Deus? Quem sou eu para determinar que a vida é a única vontade de Deus e que qualquer outra coisa seja minha vontade desprovida de divino?

— A gente só vai saber se realmente se cumprir a vontade Dele. Você questiona a sua vida?

—Você consegue saber qual é a vontade de Deus, mãe? Qual é a vontade de Deus? Quem a determina? Como você a sabe? Como que você sabe que está no caminho de Deus? Não é pela paz que seu espírito nutre diante dessa própria experiência de vida?

— Sim, querendo ou não, o nosso psicológico manda muito. Quando se pensa algo errado, faz-se algo errado.

— Então a depressão seria falta de esforço para manter a vida ou muito esforço para conservar a si mesma dentro de um corpo abençoado com a vida?

— Não tenho isso como verdade absoluta.

— Sim, porque não existe certo ou errado. Se existe, existe porque alguém e não Deus o determinou. Caso contrário, muito antes da depressão, eu seria obra do Diabo e morreria no Inferno só por ser gay.

— E isso eu não aceito jamais, meu filho. Você, mesmo diante de todas as dificuldades, pode ter a experiência do amor em todas as suas formas.

— Poderia eu condenar alguém ao Inferno porque esse alguém matou outra pessoa? Não acho. Uma pessoa que mata outra tem que pagar pelas leis da sociedade, mas não perde humanidade. A busca pela vida está sempre muito cheia de momentos e todos nós erramos. Isso nos faz menos dignos de Deus? Não acho. Haveria tanto Deus em mim quanto haveria no mais cruel dos assassinos. O que nos diferenciaria seria o caminho e não o destino.

Como numa sala de concertos, quando alguém tosse ou se mexe na cadeira diante do próprio silêncio, da expectativa daquilo que lhe entrará na alma como uma faca repousada no peito, com a agudeza de um violino, sei que minha mãe está chorando. Segura o ruído para que eu não perceba, mas existem tantas outras maneiras de se ouvir.

— Mãe, você sabe que eu tenho depressão há muitos anos. Sempre achei que fosse outra coisa, como um traço muito forte de uma personalidade melancólica, nostálgica, coisa de um espírito velho. Mas acontece que já venho doente de muito tempo. Há anos estou em tratamento. Terapia, remédios, meditação. O sofrimento que eu tenho, não consigo lhe explicar. Consumo-me nele diariamente. Hoje, por exemplo, não consegui nem me levantar da cama, não consegui ver. Penso em me matar? Não tenho como. Desejo morrer? Sim.

Ela nada diz. Como um movimento andante, sigo com a sinfonia.

— A minha depressão não me afasta de Deus, porque para mim ele não existe. Se existisse, ele estaria também comigo no sofrimento. Mas isso não faria da minha vida um milagre pelo qual eu deveria ser ou estar grato. O exercício, num mundo ideal, deveria ser estarmos gratos pelas experiências do caminho, por mais dolorosas que elas sejam. Se eu questiono esse sofrimento, estou questionando a Deus? Não. Questionar a Deus deveria fazer parte da relação que temos com o sagrado. Porque questionar a Deus nos faz também nos questionarmos na qualidade de seres humanos, como agentes sociais. Quem é capaz de me dizer que sou errado?

— Eu não sei, meu filho... Se você sofre, também sofro.

— Se pensarmos pelo lado de quem toma uma decisão disruptiva... Quem é capaz de dizer que uma pessoa estava errada ao se matar? Eu não sou capaz. A arrogância do ego que se crê conhecedor de Deus condena a outras. Eu prefiro me despir desse ego. Para mim, se existisse, Deus estaria em tudo o que eu vivo e aprenderíamos juntos sobre o sagrado. Gosto de pensar que os suicidas também acreditam nisso. No aprendizado deles, o sofrimento encontrou sossego na morte. Foram eles abandonados por Deus? Não. Deus não abandonaria ninguém, muito menos quem sofre.

— Eu não sei se os sintomas são iguais, se cada um sente à sua maneira. O que sei é que não é fácil. Eu acredito sim no exercício da fé para que cada vez mais se encontre um equilíbrio, talvez uma melhor aceitação ou um incentivo para permanecer vivo.

— Cada depressão é uma. Ela jamais será sentida da mesma forma. Mas por que precisamos de incentivo para permanecermos vivos? Não seria a cobrança de permanecermos vivos também uma fonte de sofrimento? De ansiedade? De angústia? Afinal, quem quer que permaneçamos vivos não tem ideia daquilo que sentimos, por mais que conviva e acompanhe todo o processo. Tudo bem dizer que a vida é uma merda, que eu detesto viver da maneira como vivo, mãe! Viver para mim é confirmação de que amanhã será mais um dia de sofrimento. Dizer: "por favor, eu quero morrer" não me faz pecador. Eu não preciso permanecer vivo. Mas enquanto o ato de viver fizer sentido, de uma forma ou de outra, aqui seguimos.

— Fico triste com isso, jamais imaginaria que sentisse algo que lhe fizesse desejar não viver mais. Talvez eu deseje que você permaneça vivo porque eu lhe dei a vida e que, ao querer morrer, é como se você recusasse o que lhe dei, como se recusasse a mim mesma.

— Havendo Deus, mãe, provavelmente ele estará na senhora.

— Eu estarei sempre aqui para lhe ouvir, para tentar lhe entender, do seu lado.

— Se eu morresse?

— Eu provavelmente também morreria.

— Não tem por que ficar triste, mãe. A gente compartilha amor. Nossas vidas são vividas de acordo com as experiências que nos tocam. Fiquemos tristes se não houver amor. Enquanto houver, há motivos para sermos gratos.

— Só amor é o que eu lhe transmito.

— A depressão, mãe, é como uma manta pesada que recobre tudo o que existe dentro de mim, como uma planta vulgar que se esparrama por todos os lados, como uma serpente que me vigia mesmo quando durmo. Não há quase nada dentro de mim que me lembre quem sou eu, o filho que você fez e esperou. Tudo o que eu vejo está tocado por ela, como um mofo que consome as paredes umedecidas de tanto pesar.

— Eu sei quem você é.

— Mesmo que eu acredite em quem eu sou por meio dos seus olhos, ainda assim serei eu pelos seus olhos. Não há dia sem mim, mãe.

Tato, que esteve todo o tempo no quarto, mesmo que ele não tivesse dito ou se movimentado para que eu o percebesse, se aproxima de minha mãe. Eles dois, juntos, são como uma sonata de piano tocada a quatro mãos. O dedilhar é como se houvesse todo o sentimento do mundo contido em cada nota. Eu ouço a melodia, a sinto, mas meus ouvidos já não são mais meus há muito tempo.

— Mãe, eu preciso dormir um pouco — digo, facilitando o trabalho de Tato, que a quer tirar dali.

— Vamos para a cozinha, vou lhe passar um café — diz ele.

— Dorme, meu filho. Eu estarei aqui.

E ainda que fosse apenas uma desculpa, eu realmente me entrego a um sono que apazigua os instrumentos. Não é um fim, apenas um intervalo.

19.

I.

Eu tinha pedido um táxi que não chegava. Caminhei até um hotel. Entro e vejo um vestido amarelo. Da janela, noto um festival acontecendo com pessoas indo e vindo. Ao meu lado, tantas outras estão presentes, à espera de que eu me vista. Vejo, ao longe, Tato com uma criança no colo.

II.

Estou num aeroporto na China, atrasado para o embarque. O moço da companhia aérea me acompanha até o avião, que fica longe. A pista é em outro lugar, temos que atravessar a cidade para chegar lá. Quando chegamos, é um avião pequeno, de duas hélices. A minha mala é colocada numa gaiola de malas e ficamos esperando a hora de embarcar. Há idosos no lugar e eles me dizem que eu tenho um diamante no rosto.

III.

Na casa da minha avó, na rua 18, eu estou com um cachorro. Ele é pequeno, parece um chihuahua, mas é tratado como uma criança. Parece que estamos todos cansados, como se tivéssemos virado a noite em farra. Minha avó está passeando pela casa. Eu levo o cachorro até o banheiro de fora, onde há um saco plástico preto. Eu limpo o saco, para que o cachorro faça cocô. Ele está esperando atrás de um vaso. Eu o chamo com amor e o cachorro vem, se empina nas duas patinhas traseiras e me dá um abraço. O cachorro faz bolinhas de cocô e deita-se no chão. Peço que se levante. Ele obedece, mas senta-se nas bolinhas de cocô que acabou de fazer.

Então, com um pé de um par de minissandálias, eu vou desgrudando as bolinhas que ficaram presas no bumbum. De repente, o cachorro não é mais cachorro e sim uma criança. Eu pergunto para minha avó onde tem uma roupa limpa. Abro um armário, só tem roupas que não são do dia a dia. Vejo também muitos lençóis azuis dobrados. Volto para sala, onde a TV está com volume alto. Olho o quarto, uma pessoa está dormindo debaixo de um lençol branco, que eu presumo que seja minha avó descansando. Peço a alguém que abaixe a TV.

IV.

Uma mulher mostra para mim e para uma colega do trabalho um mapa com um percurso que teríamos que fazer, como se fosse uma caminhada em prol de alguma causa. A cidade é bonita, tem água de um lado e casas imensas e ricas do outro. Na água, barcos passam. Minha colega e eu entramos numa embarcação, que vai muito veloz, rumo a lugar nenhum. Essa embarcação, de repente, vira um submarino. A transição na transformação é difícil. Tem que ficar sem respirar. A embarcação parece uma cobra, mas não é. Ela mergulha e emerge o tempo todo.

V.

Uma festa, na qual todos estávamos vestidos com roupas brilhantes, com lantejoulas e paetês. Uma amiga argentina estava. Parecia uma celebração de encerramento. Creio que era uma cidade da Europa, porque todos estávamos muito confortáveis em caminhar à noite. Saímos da festa, passamos diante de um lugar onde havia uma missa e esse lugar era agostiniano e lá se corrigia provas do colégio gerido pela mesma sociedade.

Dentro dessa missa, pessoas estavam vestidas com farda. No altar, um homem travestido como uma imensa Nossa Senhora. O Menino Jesus cantava, mas tinha voz de adulto e se destacava na multidão. Fui para o ponto de ônibus e via todas as pessoas da festa indo embora. Minha amiga argentina me pediu para acompanhá-la, mas ficou conversando com alguém, não me lembro quem. Saio na frente.

Entro num lugar onde há uma exposição sobre corridas de carro. Dois curadores estão testando *gadgets* como uma câmera que voa e filma coisas muito próximas da pista. A pista se transforma com os efeitos e esses tais efeitos fazem curvas parecerem cinco serpentes que estão enroladas.

No lugar da exposição, umas armas de fogo são atiradas em uma cova, porque nela há uma atração, um bicho enorme, que eu chamo de alce, mas não o é. Tem chifres, mas não uma galhada bonita como a de um alce. Quando sai da caverna, ele deve ter três metros de altura. Tem cabeça de búfalo, mas olhos de gato. Bufa. Tenta se aproximar de mim e eu não deixo.

O bicho passeia por onde está a plateia e eu fico do lado de fora. Só ouço a respiração forte e espero as pessoas gritarem por causa do perigo. Mas ninguém grita. Na porta, vejo alguém passando de patinete. Minha amiga argentina aparece e me diz que está de salto. Eu peço desculpas por tê-la abandonado.

Vou embora e entro em outro lugar onde parece ter um show de mágicas. Nesse lugar, a luz pisca muitas vezes e as pessoas avisam que é cenográfica. Alguém sentado se vira para mim, careca, dançando de forma muito agitada, fazendo sinais.

VI.

Faremos uma apresentação importante no palácio do governo numa cidade que se parece com a minha. Eu sou um dos apresentadores, mas sou trocado por outra pessoa. Estou no caminho com uma turma e um guarda-chuva na mão. No trajeto para o lugar onde as apresentações seriam, começa uma chuva torrencial e um vento, que me suspende no ar e me faz voar.

Caio uma vez, mas me levanto. Uma das pessoas que estão comigo é um executivo espanhol. O vento me desvia do caminho, dá uma volta por cima de uns carros e continuo até chegar ao lugar, um prédio que parece uma obra de arte, com muito verde embaixo. O lugar é tranquilo, mas está numa vizinhança cheia de perigos.

Encontro uma pessoa conhecida e subimos juntos. Na fila para deixar o documento, o porteiro não acerta minha identidade e eu repito inúmeras vezes que eu seria um dos apresentadores. Atrás de mim, já não está mais a pessoa que eu conheço, mas um senhor que eu não sei quem é. Ele apresenta uma carteira de motorista provisória escrita em inglês *"relying unified"*. O porteiro diz que ele tem noventa dias para trocar o documento.

VII.

Numa praia, no que parece umas férias, estamos em grupo. Eu nado num mar caudaloso, com correntes fortes, mas não tenho medo. Vou até uma menina para pedir a ela que façamos um passeio que já havíamos feito, mas num dia sem sol. Como o dia está bonito, parece ser uma excelente oportunidade.

Ela diz que não terá tempo de fazermos, porque ela viajará a trabalho para Londres, Nairóbi e muitos outros lugares. Eu penso: por que eu também não viajo tanto, mais pelas experiências do que pelas viagens em si? Saio do mar, vou para um rancho, onde peço um iogurte. Ouço uma pessoa falando para uma colega que eu a havia criticado por causa de um chapéu.

Ela fica brava e eu vou lá me defender, dizendo que não a critiquei. Que disse que chapéu não transforma a pessoa em elegante e ela queria era não ser elegante. Então que não iria funcionar. Ela concorda. Volto para terminar meu iogurte, olhando para uma enseada bonita.

VIII.

Numa casa imensa, eu sou uma atriz que fará o papel da mãe de uma criança sofrida. O diretor da obra não confia em mim e diz que, pela criança que havia sido escolhida, ele tem dúvidas se eu conseguirei. Começa a chover. Misturando à realidade, pareço estar vivendo dentro da obra. Saio para jantar com a mãe do menino na primeira noite do ano, mas com tudo fechado.

Apenas pizzarias estão abertas, mas buscamos um restaurante árabe. Subimos uma ladeira imensa e, no chão, muito gelo seco, como se andássemos nas nuvens, ainda que seja o centro de uma cidade e não sabemos qual. Desencontro-me da mãe da criança. Tomo um ônibus e procuro um lugar. Em vão.

IX.

Viajamos Tato e eu para a Argentina. Passeando pela cidade, entramos num lugar de artesanatos. Conhecendo o lugar, temos que subir por uma escada que também tem trilhos para uma cadeira adaptada. Tato sobe primeiro e passa. Eu tenho que esperar, porque a cadeira está subindo.

Nessa espera, há um rapaz que está manobrando a cadeira e ele reconhece o meu sotaque. É também brasileiro. Parece um ator famoso ou aquele veterinário da televisão. Diz-me que tem de fazer umas entregas enquanto a cadeira sobe, que eu não tenho como passar. Pergunta se eu quero ir com ele e vamos de moto. Não aviso ao Tato.

Na moto, rápidos, passamos por uma maratona e vejo alguém que conheço correndo. Descemos num lugar e damos a volta correndo no quarteirão. Nisso, eu vejo uma festa de carnaval, com pessoas dançando em linha. Subo na moto, preocupado porque o Tato está sem saber onde eu estou. O rapaz diz que vai me deixar no meu hotel e eu digo que não, que quero ir para o lugar do artesanato.

Na moto, tudo some. De repente, acordo no meu quarto de hotel, com o meu irmão me sacudindo, suado, nervoso, que ele sabe aonde eu tinha ido, porque pessoas haviam me visto. Entra, então, minha mãe com duas sacolas imensas verdes, com uma bolsa que era presente para minha madrinha. Ela teria que pagar novecentos e oitenta e quatro reais no imposto para sair com aquela bolsa.

Então eu digo que eu posso sair com ela como item pessoal, usando-a, que ela não precisaria pagar. Pergunto sobre Tato e ninguém responde. Minha mãe diz que não preciso me preocupar com ele, porque ela tinha me visto no passeio com o rapaz, já que ela era a primeira pessoa da fila da dança de carnaval, a que estava fantasiada.

X.

Eu sou responsável por uma espécie de galeria de arte. Há uma peça montada no chão. Todo mundo que passa por ela, a desmonta. Decido mudá-la de lugar.

Enquanto a mudamos, ensaiamos também um filme inspirado em um livro. Há um diretor, que eu não conheço, e uma grande atriz brasileira está no elenco fazendo muitas exigências. Uma hora eu me irrito e digo que o filme será uma porcaria, porque o livro é também uma porcaria, e que a atriz deve parar de tantas exigências e fazer o trabalho dela.

Meu irmão também está no elenco. Vem dando problemas. Então ele corta o próprio braço com um estilete. Senta-se numa janela, deita-se no parapeito e pula. Meu pai, que não é meu pai, também vê tudo. Olho pela janela, o corpo fica preso num suporte de ar-condicionado e, depois, termina de cair. Vejo o corpo dele, mesmo machucado, reagir como se não tivesse morrido. Não conto para ninguém.

Saio do quarto e vou até onde minha mãe, que não é minha mãe, está. Ela me responsabiliza pela morte do meu irmão. Eu digo que ela está sendo injusta. Saio e existem algumas pessoas nessa galeria que gerencio. Choro. Uma mulher, que aparentemente já havia sido namorada do meu irmão, me consola e diz que ela também viu o corpo preso na janela dela, que foi ela quem ajudou a remover. Eu me afasto.

Meu pai sai para ver o corpo. Tenho receio de que ele confirme a morte, mesmo eu já tendo visto que meu irmão havia sobrevivido. Ele chega num carro conversível pouco tempo depois com meu irmão no banco detrás, cabeça enfaixada, um corte imenso, atravessando o curativo, com uma cara abobalhada e pisca o olho para mim.

XI.

De novo, eu estou no banheiro e olho o espelho. Consigo ver dentro das minhas narinas. Uma barra que prende o nariz no crânio. Mais acima há mosquitos e moscas. Eu assoo o nariz e não saem.

Sinto, no ouvido, um zumbido e uma abelha sai. Ela me olha diretamente. Com um golpe rápido, ferroa meu olho direito, que escorre mel.

O mel escorre direto na boca do meu gato, que tem olhos de víbora.

XII.

Meu irmão e eu estamos de frente para Igreja Matriz quando uns bonecos de ar começaram a dançar na escadaria. Não é música da igreja. Uma apresentação pop. No meio desses bonecos, aparecem três outros bonecos que têm quatro peitos. Meu comentário para meu irmão é que parecem ser trigêmeas, mas que elas não combinam com o resto dos bonecos, que são todos de aparência similares às da nossa família.

Subimos a rampa lateral da igreja e vemos que, dentro, há uma multidão que começa a sair. É o cortejo do enterro de uma mulher da aeronáutica, que havia morrido. Nesse cortejo, estão minhas tias e minha mãe, que segue de mãos dadas com uma criança, uma menina feia que reclama de estar andando.

Essa criança chama a minha mãe de mãe. Eu vou abraçar uma tia e ela recusa meu abraço. Seguimos caminhando rumo ao cemitério. Minha mãe está perdendo a paciência com a criança que a chama de mãe. No final da rua, nuvens muito carregadas anunciam uma tempestade forte.

XIII.

Estamos numa festa, Tato e eu.

Tato está conversando ao telefone com um amigo. Esse amigo é alguém que apenas eu conheço. O amigo fala sobre ir embora do país, que ele tinha se decidido. Tato fala sobre como os portadores de passaporte europeu precisam prestar atenção com a declaração de imposto de renda no país estrangeiro.

Enquanto ele fala, eu corto umas etiquetas de roupas e coloco numa sacola de lixo. Fora, toca uma música linda, que eu identifico com um celular antigo. Enquanto falam, chegam outras pessoas. Um rapaz que conhecemos chega com a ex-namorada. Tato e eu nos olhamos olhares sem entender o que tinha acontecido. Ele estava de volta ao grupo.

Eu aviso que preciso ir ao médico, que tenho consulta. Uma prima vai comigo. Um ultrassom. A prima que está grávida, mas quem faz os exames sou eu. A médica tem uma testa imensa. No consultório, eu vejo três frascos de gel com tampas diferentes. Ela me diz que eu posso escolher o que eu quiser.

Fico em pé enquanto ela faz o exame. Eu não vejo a televisão com a imagem, mas sim uma outra tela, na qual noto o aparelho que ela usa tocando meu corpo. Ela termina e começa a tirar medidas, a fazer apalpação, como se houvesse algo errado, mas sem dizer. Num corredor, pede para que eu abra os braços enquanto tira medidas da minha barriga.

Eu olho pra baixo e vejo o cabelo dela cair na testa imensa. Eu então seguro o cabelo, colocando-o no lugar. Ela acha estranho. Volto o braço para posição aberta. O cabelo cai de novo e eu o seguro outra vez. Depois disso, o cabelo fica preso em três camadas na testa imensa.

Voltamos ao consultório e a prima está dentro de um armário, apenas com a cabeça de fora. A médica pergunta se temos alguma dúvida. A prima, abaixando a cabeça dentro do armário, responde que quer saber sobre o kit cinza e a médica diz que não é necessário, mas que podemos encomendar. Pergunto o que é o kit cinza e, sem paciência, a prima responde que é roupa para o bebê morto. Eu dou uma bronca e mando a prima sair do armário, que deixe disso.

XIV.

Estamos num encontro, um churrasco. Na casa de uma mulher e do marido dela. Tato, eu, uma amiga e o filho dela. O filho da amiga pinta a parede do quarto da bebê da dona da casa. Pinta vários personagens, mas depois não gosta. Apaga. A tinta que ele passa não se decide: é branca, é preta, é branca, é preta.

Estou sentado na porta, vendo, com uma lata de argamassa no colo, que pesa sobre minha barriga. Falo com a mulher dona da casa, digo que a bebê se parece com o marido e não com ela. Minha amiga faz uma brincadeira da qual eu não me lembro.

Preciso ir a um shopping que fica perto. Deixo, na caixa de correio do shopping, uma declaração que precisa ser entregue na administração, falando que eu estava lá enquanto alguma coisa acontece longe dali. Numa loja de departamento, eu escolho roupas para um figurino de uma cantora, porque eu tinha perdido as roupas originais. Um manequim sem expressão desfila um vestido justo, com o torso de fora.

Saio do shopping, o segurança pega a minha declaração, me oferece carona. Eu recebo pelo celular um vídeo engraçado de um homem que encontrou movimentos de balé num jogo de futebol e os fazia na frente da TV para dar realidade. Eu rio. Depois, na TV, um esquete de comédia sobre a retrospectiva do ano, que termina. Eu rio.

Para Tato, não faz sentido.

XV.

Fazemos uma viagem pela Itália. Estamos em Veneza, que está fechada para visitas. Hospedados ao lado de um dos monumentos. Saímos e subimos uma grande encosta. Minha mãe sai na frente e, sem enxergar, cai no mar, afogando-se. Eu consigo tirá-la do mar e vamos ao hotel para que ela troque de roupa.

Enquanto ela se troca, uma excursão de pessoas da nossa cidade natal sai de dentro do monumento. Pessoas da vida inteira. Alguns deles já mortos ou doentes. Minha mãe sai de dentro do quarto e eu digo para ela ficar quieta, que há pessoas conhecidas.

Ela, entretanto, os cumprimenta. Quando reparo, ela está com uma mala que alguém deixou para que ela guardasse.

Eu brigo, me irrito, porque essa mala é uma responsabilidade que não deveríamos ter, mas que agora temos. Saímos tentando ver o que está aberto na cidade. Numa grande praça, pessoas se amontoam.

XVI.

Numa casa que hoje não é a minha e que não reconheço de outra época, Tato e eu vivemos. Eu estou na sala de estar, sentado a uma mesa de centro, na qual há coisas esparramadas pela superfície. Pareço escrever alguma coisa. Tato está sentado na mesa atrás de mim.

Eu me levanto, porque quero ir ao banheiro. No banheiro de dentro, vaso entupido cheio de cocô. Saio para ir ao banheiro que fica de fora da casa. No caminho, sobre a mesa, um tablet que meu padrinho tinha mandado para que eu escolhesse um presente on-line. Eu não sei mexer no tablet.

Saio da casa para ir ao banheiro e encontro um primo do meu pai, sentado no vaso enquanto o conserta. Ele é o dono da casa em que vivemos. Ele me diz que já tinha arrumado aquele e que, agora, ia arrumar o outro, que sempre dava problema. Pega a minha mão, mas depois de pegar a mão dele, lembro que ele não a tinha lavado.

XVII.

Estamos numa casa que é a mistura das casas da minha avó e da minha tia. A área e a parte dos quartos são da minha avó. A cozinha é da minha tia. Minha avó lava a área com água abundante, empurrando vários restos de comida pela calçada em direção à parte de terra que há no fundo. Minha avó não pode pisar na água em que havia comida.

Eu desço e vou empurrando a comida em direção à terra. Com a área limpa, vamos para a cozinha. Minha tia tinha feito uma fartura para o lanche. Lembro que tinha pão de queijo com queijo branco, tomate e manjericão. Todos sentados ao redor da mesa, comendo, quando chega uma pessoa loira, de meia idade, cabelo escovado (uma figura que não sei quem é e não me lembro de tê-la visto antes) — que não era esperada.

Ela senta-se à mesa e diz: "Vocês não puseram prato para mim". Todo mundo impaciente, mas mantendo a pose de naturalidade. Eu respondo: "Porque ninguém estava lhe esperando". Saio da cozinha e vou para o quarto. No caminho, há outra mesa comprida ao longo do que são as salas na casa da minha avó. Estão sentadas várias pessoas, primos que reconheço, outras que não sei quem são. Vou para o quarto.

No quarto, eu começo a cantar, a dançar e eu quero sair, mas só sairia se a mulher inesperada fosse embora. Minha mãe está sentada num sofá e eu digo pra ela: "Ou você chega lá e fala que você não quer ser amiga dela, pronto, ela vai embora; ou você chega lá e fala que estamos tendo um momento em família, se ela não poderia voltar em outro momento". Minha mãe disse que não fará nenhuma das coisas.

Nisso, eu sigo dançando. Quando viro, a mulher está saindo com muitos cabides na mão, como se saísse de uma lavanderia com roupas ensacadas. Um primo vem de fora, falando alguma coisa com voz alta, mas não lembro o que era.

XVIII.

Na janela de casa, ouvem-se as vozes dos vizinhos. Um pai, que ofende e humilha duas garotas, uma dela com deficiência. Ele grita, ele as prensa contra as palavras grossas e duras. As meninas também respondem, numa tentativa de defesa. Estão os três presos na mesma casa e na mesma vida. Não há mãe. Não se sabe da mãe.

Tato manda chinelos para elas de presente. Nos chinelos, um telefone de um psicólogo escrito para que possam pedir ajuda. Do lado de fora da nossa janela, o pai coloca as sandálias e uma cai dentro da nossa casa. Eu pego a sandália e seguro. Por entre as roupas estendidas no varal, vejo o rosto de um homem, parcialmente.

Escondo-me no canto que há no cômodo ao lado e eu estou nu. Tato está sentado numa cadeira diante de um computador. Com voz baixa, confirmo se foi ele quem mandou as sandálias, ele diz que sim. Quando tento ver novamente, vejo que o homem atravessou as grades da janela e está dentro da nossa casa.

Há também uma pessoa a mais, que está na cozinha, como se trabalhasse para nós. Ela parece com uma amiga, cabelos presos, camiseta de alças cinza e shorts jeans. Alguma coisa está no fogo. Ela também não entende o que aquele homem está fazendo dentro de casa. Eu vou por um lado e Tato vai pelo outro. Até que encontro o homem, magro, sujo, com olhar mentiroso.

O que você faz aqui? Nada, estava atrás de uma psicóloga. Aqui não tem, por que você não tocou o interfone? Achei mais fácil entrar. Então, por favor, se retire. Tato o acompanha. Eu fico espantado com o fato, diante de uma mesa posta. Presunto, macarrão, queijos, uma fartura. A moça é Regina, que havia trabalhado na casa da minha mãe.

Eu sirvo a comida em três pratos pequenos. Vou até uma mesa solitária e ouço alguém comentar sobre a quantidade de comida. Então a voz da minha mãe, que até então não estava presente, diz: "A esposa dele não se importa, não, é? Então já viu. Ele faz o que quer".

XIX.

Deitado no quarto, vejo que ao meu redor estão seres agêneros. Todos eles parecem não ter olhos e nem ossos nas mãos, que são sacudidas no ar, numa espécie da dança sacra. Estão circundando a cama. De repente, olham pela janela.

Da janela, vejo os prédios do centro da cidade. De um prédio a outro, um lobo imenso pula. Ele avança rápido em minha direção. Quanto mais próximo chega, mais os seres que estão ao meu redor se aprofundam no transe.

Já perto de minha janela, o lobo me encara com olhos vermelhos. Chora.

* * *

Sinto uma mão em meu rosto. Penso ser minha mãe, mas é Elisa que me acorda.

— Sonhava?

20.

— O que você sonhava?

— Coisas misturadas, nada que a realidade não supere. Onde está minha mãe?

— Na cozinha, com Tato. Eu pedi para vir aqui antes, precisamos conversar. Precisamos falar sobre o que você sente. Ouvi a sua conversa com ela antes.

— Eu sei.

— Falamos primeiro sobre seus sonhos?

— Eu me lembro de ter lido num livro de um escritor chamado Tiago Ferro que "quem morre em um sonho, nunca mais acorda".

— Um sonho é apenas um sonho.

— Não. Um sonho é uma experiência de vida.

— Explique o que você quer dizer, por favor.

Elisa, se sabe, não se importa com o fato de que eu sei onde ela quer me levar com essas questões. Não entendo por que continuo ainda respondendo, talvez com a expectativa de que, entre uma palavra e outra, assim como escreveu Saramago, possa provar para ela que o som, a voz, o corte da palavra no ar são essenciais para formar, em nós, a ilusão de que a morte não existe, ainda que, sim, ela exista. Quando pensamos saber todas as respostas, o universo muda todas as perguntas.

— Para mim, sonhos são como abduções. O fato de você ter sonhado, ainda que não seja a realidade que conhecemos quando estamos acordados, não deixa também de ser uma realidade. Você jamais sairá a mesma pessoa do sonho, porque de fato viveu aquela situação, mesmo não a tendo vivido no espectro do grande milagre da vida.

— Nos moldes do que a gente conhece o viver?

— O sonho é uma realidade. Somos submetidos a situações extremas nos sonhos e, ao acordar, você jamais será a mesma pessoa que era antes, porque você, de alguma maneira, foi transformado pela experiência.

— Uma realidade paralela?

— Uma realidade. Mesmo que você saiba que foi sonho, ninguém tira de você o aprendizado emocional que essa experiência lhe deu. Como podemos dizer que a luz vermelha no olhar de um lobo não estava me perseguindo se ela estava realmente me perseguindo? Como podemos dizer que alguém não teve um encontro com a mãe morta se realmente essa pessoa teve um encontro com a mãe morta? Quem pode dizer que estávamos sonhando se nós realmente estávamos vivendo, ainda que sonhando?

— E quem é você agora depois dos seus sonhos?

— Eu não sei quem eu era antes dos meus sonhos, que dirá agora.

— Você pode não saber quem é você na totalidade, mas sabe das peças desse quebra-cabeças que faz o todo.

— Eu acredito no tempo, no agora, no que sinto agora, na natureza do que vivo. Enquanto sonhava, era o agora que tinha. Não o agora de agora. Cair é tão natural quanto estar de pé. Chorar é tão natural quanto sorrir. Sofrer é tão natural quanto amar. Cantar é tão natural quanto falar. Dormir é tão natural quanto eclodir. Reclamar é tão natural quanto fazer preces. O talvez é tão natural quanto um sim ou um não. O passado não é natural e futuro também não é. O relógio não é natural, mas o tempo... O tempo é adubo de tudo o que morre e morrer é tão natural quanto nascer, acreditar que existo somente porque creio que existo agora.

— Sua conversa com sua mãe sobre Deus foi muito interessante.

— Por quê?

— É um pensamento muito bonito se não houvesse sentimentos e emoções envolvidos. Como você pode eliminar Deus da vida de uma pessoa e não considerar o que essa ausência causará a ela?

— Eu eliminei Deus da minha vida, porque sei que a ausência dele não dói mais ou menos do que a dor que já sinto. Ele, no meu caso, é inútil.

— Mas, para sua mãe, ele não é.

— Não pedi a ela para abandonar Deus, mas sim para aceitar que Deus não está apenas nas coisas que aprendemos a acreditar como vindas dele enquanto outras não.

— Como a morte.

— Sim, como a morte. Se há Deus na vida, também há de haver Deus na morte. No entanto, por que apenas consideramos a vida um milagre digno de manutenção a qualquer custo?

— Nem todo mundo quer pensar na própria finitude.

— E tudo bem. Mas isso não dá o direito a quem não quer pensar na finitude de condenar a quem queira pensar nela.

— Esta é uma regra que lhe incomoda?

— Só pelo fato de ser uma regra. Quem a determina? Por que você acha que Tato me salvou na vez em que tentei me matar? Por que você acha que minha mãe está desesperada com a possibilidade? Não é pelo que sinto, porque ambos não têm ideia do que sinto, ainda que os diga, mas sim pela projeção de que quero morrer e que isso me condenaria a um sofrimento que, na cabeça deles, é inigualável. Mas, Elisa, pode até haver sofrimento maior, aliás não se pode comparar sofrimentos, mas o que eu tenho é, para mim, impossível de suportar com a consciência do tempo de agora, o tempo do que creio, porque o vivo.

— Não estaria você tentando impor também a sua crença?

— É preciso. Senão, não tenho autonomia para decidir o que fazer comigo. É isso o que a religião faz com as pessoas. Ela nos rouba a autonomia.

— Como assim?

— Quando Jesus é posto na cruz, não se perde o homem, mas se perde a fé. Inventaram a história depois que ele ressuscita, como se fosse uma chance possível para que as pessoas recuperem a fé, mesmo nos piores momentos. No entanto, a questão é que a elevação não acontece com todo mundo. Perde-se a fé e aceita-se o fato. Um Deus que mata o próprio filho para provar um ponto em favor de uma criação própria.

— Você quer se matar para fazer provar um ponto?

— Acredita-se num Deus que não sabe de si. Que é esquizofrênico, posto homem, força e pomba, tudo ao mesmo tempo. Eu quero me matar porque a vida é minha. Minha. Quem a mantém e paga por isso sou eu. Deus, se existiu alguma vez, nos abandonou há muito tempo. Quem é que gosta de arrumar a própria bagunça?

— Não é isso que buscam as pessoas quando vão fazer terapia? Arrumar a própria bagunça?

— Olha, para mim não, mas a psicóloga aqui é você, não quero lhe ofender.

— Como me ofenderia?

— Dizendo que vocês, psicólogos, não têm o poder de arrumar bagunça alguma. O que as pessoas buscam encontrar quando os procuram é a razão da bagunça e não o método de organizá-la. Para isso, há séries na TV.

— E quando se acha a razão? O que faz a pessoa?

— Qualquer coisa que ela queira fazer. Empurrar a bagunça para o lado, guardar todas as coisas desarrumadas, chutar tudo para debaixo da cama, enfiar goela abaixo de algum desafeto e até fechar a porta, queimar... desde que ela encontre, claro, o motivo para a bagunça e a absorva.

— Você não encontrou a sua?

— Sei de poucas razões que justificam o motivo de uma coisa ou outra estarem no chão ou estilhaçadas dentro de mim, mas, se olharmos distantes, dando alguns passos atrás para enxergarmos o quadro como um todo, não há nada que a explique a não ser o fato de que ela existe e pronto. Se ela existe, sem que eu tenha condições para sabê-la e decidir o que fazer a partir dali, então posso eu já decidir o que quiser para conviver ou não com ela. Alguns conseguem. Eu não.

— E morrer é a única solução?

— Você teria, agora, depois de anos em que me trata, condições de identificar outra solução sobre a qual já não tenhamos discutido?

— Então sou inútil?

— Se fosse, o que isso significaria para você?

— Que você talvez seja o meu espelho de insignificância.

— Isso lhe faria melhor ou pior? Não. Simplesmente, não há condições humanas possíveis de que uma pessoa seja sempre exitosa em tudo o que ela propõe. Se eu sou um fracasso seu, então acolha esse fracasso e me use para reinventar-se com o próximo.

Mas, Elisa, por mais agradecido que eu esteja pelas nossas sessões — de certa forma, elas me trouxeram até aqui alguns anos desde que você e eu começamos a conversar depois da minha tentativa frustrada pelo Tato —, eu não tenho mais condições de continuar. A esperança é a última que morre, mas eventualmente ela morre. As pessoas usam esse ditado para conceder uma eternidade à esperança que ninguém nunca prometeu. A esperança morre, ainda que por último.

— Devo me levantar e ir embora?

— Eu jamais pediria isso. Mas seria bom que Tato viesse aqui conversar comigo um pouco mais. Talvez ele não esteja ainda em condições de fazê-lo, razão pela qual ele tem compensado a ausência dele com as questões práticas: trabalho, você, minha mãe, minha comida, limpar minha bunda, minha porra. E eu entendo, porque há pessoas que amam por prestação de serviço. Tentei ser assim também. Mas seria bom se ele e eu pudéssemos conversar um pouco mais. Tenho coisas para dizer a ele.

— Ele vai vir. Sinto lembrá-lo, não é que você vai sair correndo e nos deixar a todos para trás!

— Acharia graça da sua piada se ela fosse boa.

— Eu sei...

— Mas é importante que seja hoje...

— ... ou o que vai acontecer?

— Ou senão eu vou continuar sendo sufocado por dentro até que definhe de vez. Não é bem uma prova de amor isso, senão uma questão de sadismo.

— Olha quem está julgando...

— Preciso usar as ferramentas das quais disponho para matar a serpente que me olha agora, deitada sobre o travesseiro, ao meu lado. Chega de cavar nesta terra infértil, Elisa! Chega! Quanto mais vamos cavando, mais eu sinto que chegamos apenas à confirmação de que cavar não nos trará a resposta e nem a solução. Não sair do lugar me deixa triste e essa tristeza soma-se ao sofrimento.

— Você tem um sentimento de insegurança que é natural da vida.

— Mas não da morte!

— Você ainda não está morto...

— Não há nada pior do que concordar com você neste ponto.

— A insegurança para você lhe faz sentir perdido ou coloca em risco a sua integridade?

— Sim, eu estou perdido. Não é a sensação de como se eu tivesse perdido a memória, mas é como se eu tivesse acordado e todas as histórias já vividas não parecessem minhas. Foi como se eu mesmo tivesse me contado todas essas histórias para fazer valer o fato de que a vida estava aqui e eu precisasse aproveitá-la da melhor forma. Justificar a graça, o milagre. A ameaça de integridade existe porque eu mesmo sou meu próprio vilão, vamos colocar assim. Se o vilão não mata, ele morre queimado numa casa velha, rodeado pelos seus próprios fantasmas.

— Sua integridade psíquica? De identidade?

— É, mas também tem um pouco de integridade física, porque eu pareço definhar. A sensação que eu tenho é que eu vou secando com o tempo, sufocado pela manta que cobre tudo o que há dentro. Não existe mais desejo. Não tenho vontade dessa vida.

— A vida que você levou e a vida que você queria são díspares. Que vida você queria ter?

— Eu queria uma vida na qual as coisas todas fossem mais naturais. Que o ato de respirar não fosse um esforço absurdo, assim como dormir e me levantar. Vida ideal não existe, mas de alguma forma eu não consigo fazer o que as pessoas normalmente fazem, que é abstrair-se dessas dores todas para seguir um dia após o outro, acreditando que vida vai melhorar. Um amigo uma vez me disse: "Eu quero estar no futuro, mesmo que eu não saiba o que o futuro me reserva". Quando ele me disse isso, eu automaticamente pensei que eu não quero estar nesse futuro, porque eu tenho a sensação de saber exatamente o que esse futuro me reserva. A motivação de continuar não existe porque será mais do mesmo, assim como hoje foi pior que ontem, que foi pior que anteontem, que foi pior do que sempre.

— Como você pode vaticinar que será assim?

— Como você pode vaticinar que não será assim?

— Não estaria nas suas mãos construir esse futuro?

— Sim. Estou eu disposto a arcar com os custos? Não. Estou cansado. Não consigo mais ver saída da pessoa que eu sou hoje.

— Que você já disse não saber ainda qual é... apenas pedaços desse ser, mas não o todo.

— A expectativa não é se vai dar certo ou errado, mas que vou estar na repetição dos dias. Mesmo que eu descubra esse ser total, ele não estará muito longe do que hoje já é. Está tão enredado que é quase impossível desassociar. Tentar não significa me afastar disso que me incomoda, mas sim me afundar mais nele e deixar acabar.

— A desesperança... Nietzsche sondou a possibilidade de termos já esgotado a vida. Você sente isso? Que já esgotou toda a sua vida no que já foi vivido? E que se você fosse viver essa vida numa repetição infinita, na lei do eterno retorno, você se sentiria bem a vivê-la outra vez?

— Não.

— Você não se sente representado pela sua vida. Uma vida que parece que não é a sua, que parece que alguém disse que você precisava tê-la vivido, sendo que esse alguém era você mesmo. Ainda assim, penso eu, você se propôs e viveu, e isso me dá a sensação de que você foi bem-sucedido, porque bem suceder-se não está relacionado à qualidade da execução, mas a própria execução em sim. Mesmo que sua vida tenha sido repleta de sofrimento, você de alguma forma gerenciou para que pudesse chegar até aqui.

— Sim, mas eu não quero mais. Estou gerenciando para que eu não tenha que levá-la nenhum dia a mais adiante.

Elisa então se levanta da cadeira que está ao lado da cama. Sinto que ela está bastante irritada. Gostaria de dizer a ela que não ficasse, mas entendo que olhar no espelho do próprio fracasso mexa com as emoções de quem pensa que as tem educadas. Não digo nada. Como ela mesma disse, não é que eu vá sair correndo ou pegar a tesoura que está na gaveta. Meus pés ainda são parecidos com os pés do filho dela. Fracasso ao quadrado.

Ela sai do quarto, sinto o vácuo que seu corpo deixou ao deslocar o ar. Se ela voltará, eu não sei. Se voltar e eu ainda estiver aqui, continuarei conversando, sem que ela me convença de que viver a minha vida valha a pena.

É bastante curioso que outras pessoas tentem nos convencer sobre a nossa própria experiência em relação a alguma coisa. Posso imaginar agora, na rua, um pai que diz ao filho que acabou de cair que não foi nada, que não doeu, que não machucou. Consigo ver uma amiga aconselhando à outra de que amar aquele rapaz não vale a pena, que ela deveria controlar o sentimento, que ela é mais forte que o próprio amor ou desejo. Ainda ouço a voz de um homem de quem eu gostei há muitos anos, quando ainda era adolescente, me dizendo: "Eu prefiro ficar sozinho a ter que me ver fazendo você sofrer..." como se eu não já estivesse sofrendo!

É gracioso que o vazio nos armários das pessoas seja ocupado imediatamente por novos planos, cheios de vida e amargurados, com esse anseio de agarrar-se à vida, ao amanhã, como os macacos arruaceiros da Índia, subindo pelas torres, saltando em tanques onde as vacas sagradas bebem água. Entretanto, tão quieto e cego, não há mais o que ponderar, nem as razões pelas quais eu quero partir sem me despedir, ainda que sentindo saudades.

Ouço os pássaros nas árvores. Não quero ser livre, porque ninguém o é, mas desejo me ver livre de tudo isso.

21.

Um dia, quando eu estava prestes a sair da infância, minha mãe decidiu viajar.

Arrumou as malas, levantou-se de madrugada e se foi numa excursão de compras rumo a outro estado, de onde traria mercadorias para a loja de roupas que tínhamos ao lado de um posto de gasolina que pertencia ao meu avô.

Antes, naquele lugar, uma tia de meu pai gerenciava uma loja de perfumes e decoração. Sempre que eu entrava na loja, não era o cheiro dos perfumes que me fascinava, mas todas as outras coisas que lá estavam, repousando em prateleiras de vidro, biqueiras pretas em cada ponta de prateleira, um olhar severo da vendedora com um aviso bem claro de não toque e não quebre. Talvez esse tenha sido o mesmo olhar que compartilhei com minha mãe quando ela nos disse que viajaria durante uma semana. Não me quebre (mais).

Então um dia ela se foi e não estávamos preparados. Sempre que não estávamos com nossos pais, estávamos com as nossas tias, mas nunca em casa, com pai trabalhando todo o dia, apenas acompanhado por alguém para quem nós também éramos trabalho.

Na manhã em que minha mãe viajou, minha cama parecia ter treze metros de altura e descer dela foi um desafio pequeno comparado com a quantidade de ar preenchendo todos os cômodos da casa. Um pequeno corredor separava todos os quartos e desembocava numa sala com uma mesa de jantar para oito pessoas, nunca usada.

Tínhamos uma casa que apenas existia plasticamente. Nunca tivemos jantares na sala de jantar, assim como tampouco me lembro de termos tido visitas na sala com sofá verde acetinado, artes decorativas em louça branca e uma pequena mesa de centro esculpida em madeira com patas de leão e vidro temperado, seguindo o padrão de cor de todo o resto. Espaços ocupados por móveis pesados, em cerejeira, mas sem a alma de uma casa viva.

Tentávamos ocupar aqueles espaços da melhor maneira possível. Eu gostava de ouvir música alta, porque ela me ajudava a colorir o que era sombra. Os silêncios sempre foram presentes na minha vida e aprendi a gostar deles. Depois aprendi que estar calado poderia também ser a voz de outros sentimentos. Aprendi a traduzir meu coração com imagens e palavras escritas, e num teclado que minha madrinha tinha me dado no aniversário. Ouvíamos vez ou outra os ruídos da arrumação da casa e, sempre por volta das quatro da tarde, um cheiro de lenha queimada vindo da rua rompia o branco das paredes, reforçava o frio da cerâmica na sola do pé e anunciava a hora do lanche, quando não estávamos na escola.

Desde que a loja fora aberta, saíamos do colégio direto pela rua lateral e descíamos caminhando. Se havia catequese, parada no salão paroquial era obrigatória. Se não, deixávamos a mochila na loja e íamos para o posto do meu avô, onde meu pai provavelmente estava sentado num banco, conversando com um senhor, sempre elegante, pernas cruzadas e olhar de quem já tinha visto muito passar pelo cruzamento das avenidas, local do único semáforo da cidade que, ainda hoje, é relativamente nova comparada à história de outros lugares do estado. O interior do país padece, claro, de sua própria adolescência.

Meus pais sempre foram muito amorosos, mas não sinestésicos. Não recebíamos tantos abraços e beijos como os que ganhávamos de nossas tias. Ainda que tudo estivesse ao nosso alcance, tudo ao mesmo tempo estava distante. Aprender a conviver com a saudade foi uma lição aprendida tal qual uma receita de pão de queijo, que precisa descansar antes de ser amassada, numa metáfora muito madura para resiliência.

Ficarmos sozinhos em casa, sem minha mãe, durante as viagens, era aprender a viver na estranheza de vidas desajustadas. Meus pais se casaram muito jovens e tinham personalidades muito diferentes, sem mencionar sobre o interesse em como a vida deveria ser levada. Eu não me lembro de nenhum momento de carinho explícito entre meu pai e minha mãe. Não me lembro de beijos, de abraços, de olhares de afeto entre eles. No entanto, eu me lembro de uma vez quando meu pai comprou uma aliança com brilhantes para dar à minha mãe sem que estivesse clara a razão, assim como o fato de que minha mãe nunca a tivesse usado, até que ladrões invadissem a nossa casa e a levassem junto a um tanto de nossas narrativas.

No quarto dos meus pais, quando a janela estava aberta, a luz atravessava, mas não iluminava o que já dava indícios de não sobreviver entre eles. Ainda hoje, penso que poderíamos ter tido uma experiência diferente, se não fosse a inabilidade de diálogo de ambos os lados da família. Homens aprendem a não falar nada como demonstração de fortaleza. Mulheres sabem falar, mas aprendem com suas relações machistas que muita conversa denota insatisfação e histeria. Por muito tempo, lidei com uma linha bastante maleável entre estados de profunda introspecção e explosões emocionais desmedidas e, quando sempre, uma ação respiratória, de sobrevivência, a exemplo do que fazem as baleias na superfície ou de canos que dão vazão aos gases em fossas.

Eu me deitava na cama de meus pais, forrada com uma colcha com motivos de rosas, e gostava de sentir o toque frio do tecido nos meus pés. A cama estava protegida por duas mesas de cabeceira e vigiada por um aparador, todos com gavetas as quais abríamos em busca de tesouros, por curiosidade, mas também na expectativa de conhecer melhor quem eram os indivíduos por detrás das instituições. Era também no quarto deles onde ficava o videocassete e onde eu via os filmes que eu alugava com o dinheiro que meu pai me dava semanalmente e, claro, onde eu nutria meu desejo de contar histórias, primeiro como diretor de cinema, depois como escritor, mas nunca como mero reprodutor de conteúdo.

Na impossibilidade de comunicar a história real de nossas vidas, eu cedia às vidas de outras pessoas, compactadas em duas horas de duração ou duzentas páginas, abrindo uma janela real para um mundo muito maior do que era o meu na cidade de minha infância. É dessa época, creio eu, o início da crença de que eu era um esboço de poeta num mundo sem poesia, tornando ficção toda a minha vida, recebendo leitores em meus fluxos de consciência, permitindo que eles abusassem de mim deliberadamente, porque gostava. Nenhum filme ou livro foi capaz, entretanto, de segurar todos os meus pedaços, nenhuma história foi suficiente para me desviar do precipício no dia em que minha mãe viajou.

No escuro do quarto, as portas do guarda-roupas abertas e o cheiro dela nas peças nos cabides, escorrendo pelos meus braços enquanto eu tentava abraçar sua ausência, desesperado de saudade. Era como abraçar água. As viagens de minha mãe foram a primeira vez em que senti, carne e osso, que a morte não estaria ligada à inexistência do corpo, mas sim ao esforço desumano de aceitar que nossas memórias também morrerão com o tempo e que mantê-las por muito tempo é um trabalho cansativo demais para qualquer alma suportar. Especialmente meninos que correram na fila e cujas almas enormes escolheram corpos inadequados como o meu. Abraçar as roupas da minha mãe não era um ato de pedir presença apenas, mas especialmente não esquecer do que a fazia estar em nossas vidas.

Não sei quantos dias chorei escondido. Sei, entretanto, quanto cresci naqueles dias. Minha mãe voltou da primeira viagem e encontrou um filho diferente. Preciso dizer que, mesmo antes dessa experiência de perda, eu já sabia ou sentia que lia o mundo de forma diferente. Eu sempre soube que era uma criança não como as outras. Não fui criança, aliás, porque sempre me senti velho, com gosto de coisa amanhecida. Ainda que na mesma faixa etária de muitos dos meus primos e sem que eu soubesse precisamente pelo quê, minha alma sempre esteve exausta, sufocada demais neste invólucro absurdo de coisa humana, com um ranço de todas as coisas, mas ainda assim, naquele tempo, aberta a surpresas, muito disponível para aprender o que viesse no caminho.

Anos depois, quando minha mãe teve câncer, voltei de repente ao menino que abraçava o perfume nas roupas da mãe. Minha mãe e meus tios já perderam os pais, eu ainda não, então não sei efetivamente o que é perder pai e mãe, ainda que já tenha caminhado por muitos cemitérios. No entanto, sempre que o telefone tocava e era um número conhecido, além do medo desumano de ouvir a notícia de que minha mãe tivesse morrido, meu medo era que eu não tivesse mais condições de segurar comigo o que faz da minha mãe a minha mãe.

Nunca soube onde vivem os espíritos que nos convencem a existir, que nos sopram ao ouvido nossos pensamentos, que instalam as dores onde não conseguimos alcançá-las e que, tantas vezes, nos salvam quando precisamos de uma rede de apoio que, apesar de estar lá, nem sempre nos protege como deveria.

Quando minha mãe viajou, eles estiveram ao meu lado ou dentro de mim. O que eu aprendi com eles? Que, às vezes, tudo o que precisamos é de trégua neste contrato irrevogável que temos com os dias para entender quais são nossas cláusulas não negociáveis.

O cheiro da minha mãe era uma delas.

Naquela casa, também foi a primeira vez que vi uma arma. Era do meu pai e ficava escondida em cima do armário da sala, envolta por um pano sujo de poeira. Nunca pensei em atirar em ninguém, mas ter aquela arma ali, muitas vezes em minha mão, me deu uma dimensão de que eu poderia matar outra pessoa, também a mim mesmo. Seria já minha depressão naqueles anos? Eu não me sentia feliz, eu não me encaixava no mundo. Tudo para mim não era natural, desde as amizades mais sinceras, pelas quais eu ansiava, mas cuja convivência eu repelia.

Certa vez, acompanhado por umas amigas, fomos até o lugar onde haveria uma festa tradicional na cidade. Uma arquibancada estava posta para um rodeio que começaria mais tarde. Como em toda cidade pequena, tínhamos acesso a todos os lugares onde quiséssemos entrar. Subi todos aqueles degraus a uma altura razoável. De lá, eu conseguia ver os telhados das casas de toda a cidade, um horizonte que mostrava que existiam muitas vidas que, provavelmente, assim como eu, olhavam do alto de sua solidão em busca do fim. Não pulei, porque ainda acreditava que poderia ser algo de criança ou adolescente; ou porque eu ainda tinha coisas que me faziam acreditar que, apenas elas, poderiam me ajudar a suportar.

Foi quando pensei que o plano era: sair dali o mais rápido possível, encontrar um meio de ver o mundo, de conhecer outras culturas, sem saber que, na verdade, eu estava em busca de mim mesmo. Como uma planta cujas raízes buscam espaço para que possa crescer, pensei eu que também precisasse disso. Mas não sabia que, já naqueles dias, o que buscava sair de mim era a raiz do kudzu que já recobria meus sentimentos, fazendo eclodir o ovo do qual nasceu a serpente que me acompanha desde então.

Depois de tanto tempo, penso ainda saber qual era o cheiro da minha mãe, a cláusula não negociável, mas talvez a memória que tenho seja apenas uma ficção criada, uma mentira na qual ainda acredito, porque é muito mais provável que aquele cheiro já esteja debaixo do mato verde, mofado pelas angústias, totalmente esquecido e transformado na ideia de que havia um cheiro e que, provavelmente, ele se assemelha ao cheiro que ela tem hoje.

Tivesse eu já acabado com tudo naquele então, teria morrido sabendo exatamente que cheiro era aquele, e não hoje com as vistas embaçadas para olhar o passado como uma construção ficcional lida e relida tantas vezes que, quando minha mãe entra no quarto hoje, comigo paralisado e cego, reconheço o cheiro dela, sem condições de confirmar que esse cheiro era aquele que me fez suportar uns anos mais. Será que se ainda soubesse dele eu conseguiria ir mais além?

Mesmo esse cheiro, mas principalmente a ideia de que nada perdura a não ser o sofrimento provocado por uma doença que não sabemos exatamente de onde vem e nem como atua, tomando remédios, fazendo terapia, buscando meditação, terapias alternativas, no desespero de ver meu ser definhar aos poucos, com a tristeza de saber que vou morrendo de qualquer jeito, aos poucos, numa tortura que muitos justificam como milagre da vida ou a benção de um Deus que tudo vê e nada faz, é fonte de uma desesperança absoluta.

Vim ao mundo com uma herança de outros tempos: herdei a dor e suguei-a quente, aquosa, gaseificada, a rendilhar este velho papel de parede cobrindo a face de quem sou. Essa dor, a vida inteira, tateou-me, sentiu-me o frio, o úmido, as rachaduras preenchidas com o sopro dos anseios de lisura, sustentando as raízes desta cobertura cruel com raiz fincada no meu fígado. Desde então, a vida descascou em mim essa parede que parecia sustentar minha relação com o mundo e pôs mofo nos pães esquecidos sobre a mesa da varanda.

22.

Dormir. Cansaço. Sonhos. Onde estará Tato?

Esse pensamento flutuante com a súplica de que ele tenha se esquecido de mim aqui, que tenha me tirado do centro do império minúsculo que construiu ao redor de mim, de onde ele talvez tenha conseguido escapar quase ileso. Ao mesmo tempo, com a tristeza de me ver sem ele, ainda com a cabeça sobre meu pescoço sustentando o peso de outros corpos, em outros lugares, sem esperanças, repleto de dívidas que jamais serão pagas, eternamente cobradas.

Tato continuou todo esse tempo plantando, regando, adubando a solidão, sem imaginar (ou admitir) que meus olhos somente brilharão para sempre no depois, tão desvirginados e nunca infantis, porque não hei nunca de ficar para vê-lo padecer do que lhe provoco, enquanto ele busca rever-se a partir daquilo que já sabe, sofre, não se gaba. Nem tudo foi solidão entre nós dois, mas ela sempre esteve lá, como mais um dos troféus que vão se acumulando nas estantes empoeiradas, ocupando vazios que só crescem, remoendo o anseio de dar caça à ignorância e torturá-la, massacrá-la, porque gostamos de; porque temos orgulho de; sentimos necessidade de.

Tato. Sobre ele tentei erguer a minha igreja empilhando descrença sobre descrença, mas adorando-o, amando-o, segurando-o como se segura um rosário ou uma flor com espinhos.

Ele não acredita que a culpa de as pessoas se converterem em frustração é, e não podemos discutir, das rações de amor com as quais nos alimentamos em outras pessoas de maneiras tão estúpidas, burras e serenas, belas, que exigem e embrutecem o coração, que jogam e ganham, a vaidade da perversão, agem como se fosse moralmente duvidoso questioná-las, indagá-las, senti-las em falta. Pagamos amor em parcelas, com cupons de desconto.

O que é amor então?

Todos nós, e arrisco dizer que sem exceções, aprendemos que amor é abnegação, é sofrimento. Não se ama sem sofrer por alguém, sem ser renegado, sem estar na constante espera de que o futuro, da maneira como o desejamos, seja possível, mas sabendo que não. Vendemos nosso presente em busca de um futuro. Concedemos beleza ao ato de amar desesperadamente. Morrer pelo amado ou pela amada é totalmente plausível e muito digno da beleza, da admiração, da devoção. Está aí: no cinema, na literatura, nas páginas policiais. Crimes passionais não entram na mesma categoria de outros crimes, porque olhamos para eles como uma espécie de catarse, de vontade de que fossemos nós, de vontade de que alguém pudesse matar por nós mesmos. Nosso ego demanda a condenação do outro, especialmente aquele que, diante do meu sofrimento de amor, não corresponde à altura das expectativas.

Não posso falar por Tato, ele que escreva esta mesma história a partir do ponto de vista dele. Posso falar por mim, pelas lentes de olhos da serpente que vive dentro de mim. Lembro-me de ter lido um estudo de Einat Hauzman sobre como os olhos das víboras se formam a partir de sua vivência em busca do ataque, de matar a fome, de saciar o desejo, o amor pela comida e o desprezo pela presa. Hauzman descobriu que os momentos em que as serpentes estão mais ativas são determinantes para a formação do seu olhar sobre todas as coisas. A minha nunca dorme, então acredito que tudo deve ser visto de maneira distorcida por um olhar que se criou a partir de sua própria necessidade, da lama de sua dor, do bolor de suas escamas antigas, nos sedimentos do que ela decide, dentro de mim, o que é amor ou não.

Enquanto o mundo todo se reagrupa, se reafirma ao mesmo tempo em que todos nós nos afundamos cada vez mais no desconforto de nossas camas, no silêncio dos corredores que preenchemos com televisores, músicas ruidosas, filhos mal criados, amantes em demasia, dentro de mim ela crava as duas presas a cada minuto dentro do meu cérebro e do meu coração, inoculando veneno para me manter absorto em minha própria apatia. Para Tato, pareço não mais saber o que é uma melodia, a canção agonizando.

A verdade é que não suportamos ouvir o tempo, sentir o tempo, o descompasso que envelopa os dias, que faz a vida se entender por ela mesma. Prova da mágoa que nos traz, a depressão está em todos os cantos, basta ouvir o plástico retorcido nos cinemas, os olhos marejados. Todos sabemos as razões pelas quais choramos. Por muito tempo, ouvia "sobreviva", coisas que eu mesmo me repetia baixinho. Hoje não sei se Tato ainda tem lágrimas ou se se acabaram, porque não sei onde ele está agora e nem o que faz. A resposta talvez seja óbvia demais para aceitar que ele e minha mãe agora se consomem no sofrimento que a ideia de amor que eles têm por mim os causa.

No meu caso, para ser amado, é condição do outro que aceite que haverá dor. Pensei, por muitos anos, que não seria digno de ser amado e, depois, quando encontrei possibilidades, ainda que quase sempre acompanhada de abusos, físicos e psicológicos, abandonos, renúncia, dar a outra face depois de que a tenham esbofeteado, em busca do amor do Pai que crucifica o filho para que outros possam ser felizes sem o peso de suas faltas. Queremos ser o filho açoitado, buscamos ser a mãe que chora ao pé da cruz, desejamos ser traídos pelos amigos de nosso círculo íntimo, queremos dizer sim ao grande amor porque ele não nos atrapalhará a chegar no amor maior do pai, que não pensará duas vezes antes de nos oferecer como expiação de suas próprias perversidades.

Amei a Tato com o sofrimento que lhe causei e com o sofrimento que provocou em mim a dor que ele sentia ao me amar também. Então deveria ser hora de que ele realmente entendesse que, para mim, sem mim não há vida, não há dia, mas para ele, sem mim há o mundo por descobrir, um dia a mais. Nele, não crescem trepadeiras parasitas, não há uma víbora sempre atenta que olha para ele pela fenda do tempo na íris e lhe confirma que nada há de mudar.

Assistir ao Tato começar a buscar o amor em outras bochechas, em outras pessoas que, não sei se como eu, ele as dominaria, adestraria, chamaria de suas, seria um alento, porque confirmaria que meu amor não foi em vão porque eu sofreria, porque ele estaria feliz e eu desculpado por continuar afundando num fosso de areia repleto de vermes vorazes com a quantidade de alimento que há em mim para que se refestelem.

Ninguém, depois de mim, há de amarrar Tato junto às patas da mesa, rente ao chão. O que ele aprendeu comigo talvez jamais o faça perdoar-me por tê-lo abandonado ainda em vida, coberto de manta espinhosa e verde, egoísta em minha profundeza, no rugir do mar que tem lhe deixado uma ferida que não abri, mas que agora eu o obrigo a fechar, porque nos amamos macerando a memória para poder enterrá-la em algum ponto do caminho a ser percorrido, como um unguento. Sim, Tato, estou aprendendo a me olhar no espelho e não mais lhe ver em meu reflexo.

Aprendo a me enxergar mais perto, a superar o despeito quando, passando por uma rua qualquer nas faces de outros dias, havemos de nos encontrar novamente, mesmo que o encontre em outras bocas, suas mãos em outros braços, dançando diferentes mambos, com pernas e quadris desejando o mal, guardando este mal no fígado, sentindo diferentes males nas coxas, nas pontas dos pés, na comida do prato. Não chame meu nome, que eu não mais chamarei o seu. Eu não vou sentir saudades suas, Tato, porque eu estarei morto, mas você provavelmente sentirá saudades minhas e não é justo. Esqueça-me para que não lhe venham os problemas de pele.

* * *

— Posso ficar aqui com você? — me pergunta Tato, acredito que na soleira da porta.

— Por que me pede a autorização?

— Você parecia imerso e não quis atrapalhar.

— Eu pensava em você. Se há alguém que pode atrapalhar meus pensamentos sobre você é você mesmo para me desviar dos olhos com os quais lhe vejo agora.

— Como você me vê agora? É diferente de como você me via antes?

— Eu agora só posso confiar na imagem que tenho guardada de você. Talvez você não exista e tudo isso que agora vivo, preso nessa cama e cego, tenha sido a realidade durante toda uma vida, sem que eu saiba exatamente em que momento eu lhe inventei para que aparecesse naquele cenário que criei e para que pudesse luzir tudo aquilo que lhe fez especial.

— Se eu lhe der um beijo você acredita que eu não sou uma invenção sua?

— Como você poderia confirmar que, mesmo com o beijo, você não seria invenção minha? Não quer dizer que aquilo que eu invento eu não o vivo, não existe. Sim, existe, como existem meus sonhos. Os sonhos são invenções minhas, mas lá estou eu a vivê-los como se fossem realidade, sem jamais poder confirmar que, mesmo diante da experiência, eles não são invenção minha.

— Eu não posso confirmar, mas você pode decidir se investiga ou não. — Ele me beija com a pressão exata nos lábios secos, como se procurasse pela minha língua, tão inconsciente de que, ao tirá-la para dentro de sua boca, ele a encontrará bífida, tentando tatear o mau hálito que provoca o sofrimento.

— Por favor, Tato, arrume suas coisas e vá embora.

— Como você pode me dizer isso?

— É melhor que o faça de uma vez. Este é o seu destino. Você terá que partir em algum momento, é bom que o faça enquanto eu ainda estou aqui para lhe dizer adeus e saber que você partiu porque eu o feri e não porque eu o deixei ferido sem ter tido a mínima chance de, efetivamente, fazê-lo.

— Eu já estou ferido e não é culpa sua.

— De quem seria então?

— Minha. Ninguém poderia ter mudado as decisões que tomei para estar contigo se não fosse eu mesmo. Você às vezes está tão preso dentro de si, nessas linhas tortuosas por onde seus pensamentos vagueiam, que não enxerga que eu também tenho minhas próprias linhas, que eu também tenho condições de decidir por mim e de nutrir meu próprio sofrimento.

— Decidir também por mim…

— Nunca decidi por você, não seja injusto.

— Você decidiu por mim quando eu tentei acabar com tudo e você me socorreu, me levou ao hospital, me salvou de mim mesmo, sem que tivesse ao menos me perguntado, ou pelo menos intuído, de que aquele era meu desejo, de que morrer era o melhor para mim. Você decidiu que permanecer vivo era melhor ao mesmo tempo em que decidia que me manter vivo era também o melhor para você.

— Eu não conseguiria deixá-lo morrer…

— Mas não é isso que você vê agora? Não é isso que testemunhamos desde que nos encontramos? Que nós dois estamos caminhando rumo ao inevitável?

— Você não está morrendo agora. Você está passando apenas por um momento muito complicado.

— Estar nesta cama dependendo de você para cagar ou mijar não é o pior, Tato. Pior é ter que continuar enxergando o mundo do mesmo jeito enquanto estou cego. Pior é continuar sentindo o mesmo peso nos braços e nas costas mesmo estando paralisado. Mesmo que os movimentos e a visão voltem, eu sigo sendo isto que só é ausência de mim e, sem mim não há dia, não há futuro, não há vida.

— Não diga mais nada. Vamos ficar aqui nós dois um pouco. Eu posso cantar para você.

— Tudo é uma espera. Se devemos esperar, que seja com você cantando.

Tato canta bem, ainda que não tenha voz de grande cantor. Canta como se entendesse que, pela música, ele pode experimentar, pesquisar em busca de uma cura que jamais vai descobrir até o momento em que perceba que a velhice se acelera para todos, que nada funciona como deveria há tantos anos, que é melhor cantar para si mesmo do que para mim. Você está só, Tato. Esqueça-me, sofra.

Não me importa se estarei quase morto, todavia em pé, outra vez diante de um armário que deva ser aberto, arejado e limpo. Da antessala do momento justo de sumir do mundo, eu lhe observo, meu querido, e estou tentando lhe avisar neste abraço que você me entrega e eu não posso receber. A depressão, como dizem por aí, não é invisível na pouca valia de uma experiência que a arrogância descarta, crua e sangrando, mas sim um grito de histeria disfarçado de tantas coisas: você, eu, quem mais vier, diante das penas do sagrado e do profano, donos de todo o conhecimento existente e que transformam o que falo ou escrevo, antes do ar e do papel, em cinzas.

Não há com que se preocupar, Tato. Para seu governo, está mais que claro. Sofremos e, por isso, sim, nosso amor veio aqui para ficar até que eu morra. O amor demanda futuro e nós só podemos viver de breves momentos.

23.

— Tato...

— Estou aqui.

— Não agora, talvez mais tarde, quando a mamãe for embora, ou quando você estiver por aí com vontade de aventuras, eu preciso de uma coisa de você.

— Diga o que você quiser e eu faço, meu amor.

— Eu preciso que você me mate.

— Não diga besteiras.

— Nunca estive tão seguro na minha vida, Tato. Eu preciso que você me mate, por favor! Eu não consigo mais! Posso imaginar a sua cara assustada agora, mas seria, para mim, o maior ato de misericórdia que você teria. O que não é amor senão fazer a quem se ama encontrar uma maneira de mostrar a quem se ama que, mesmo não sentindo a mesma dor, a entende e busca ter solidariedade com relação a alguém que sofre com esta tragédia pessoal chamada: depressão? Alguém que caiu em desgraça simplesmente por viver?

— Você entende que, ao me pedir isso, você busca apenas o seu bem-estar, não é?

— Tato, você se engana! Que bem-estar você terá comigo ao seu lado neste estado? E não estou dizendo apenas da paralisia e da cegueira, mas neste estado de desesperança em que vivo há tanto tempo? Que bem-estar você teria ao me manter vivo a qualquer custo?

— Não teria que viver com a culpa ou com a responsabilidade de seguir com a sua morte em minhas mãos.

— Este seria um peso maior do que carregar o sofrimento ininterrupto, aprofundado, como uma mosca coberta de âmbar, petrificada em sua própria carapaça para sempre?

— São pesos diferentes e são insuportáveis à sua maneira. No entanto, matá-lo significa igualmente que eu tenha que decidir morrer um pouco também. Eu não consigo.

— O que você precisará matar em você?

— Você! Eu não consigo matar você em mim! Matar você duas vezes!

— Não é que você vai me deixar torto, cortado, aberto como aquela pomba destripada que vimos na rua outro dia quando voltávamos da sua mãe. Talvez ela ainda pudesse ter voado mais tempo se ela mesma não fosse de andar em bandos e compartilhar banheiros e becos nojentos. Eu não sou, Tato.

— Sinto muito, meu amor, jamais vai acontecer.

— Não vou lhe amar menos por isso.

— Se eu lhe pedisse, você me mataria?

— Se você estivesse no mesmo estado de aflição que o desgosto da vida me causa sim.

— Como você pode determinar se eu não estou vivendo num estado de aflição?

— Não posso. O que eu posso dizer é que aquilo que sinto é só meu. Só eu sei o quanto me corrói. Tudo em mim se descasca. Tenho uma serpente que me morde a cada segundo e a cada vez o que faz me deixa ainda mais repleto de veneno, intoxicando o que ainda resta de lucidez. Eu já não consigo gritar, porque não adiantaria. No entanto, do meu ouvido para dentro, tudo o que há é grito, é súplica, é ranço, é bramido de uma voz insuportável que é minha, porque a tenho dentro de mim, mas que não sai da boca deste ser que ainda mantém um pouco da parecença daquele que eu poderia ter sido.

— Tenho também medo de Deus e do Inferno, meu amor...

— Sua vida repleta de deuses e eu não sou nenhum deles, apenas mais um fruto do acaso que este Deus criou para sentir prazer. Você já está ofegante, cansado de saber de quem Deus gosta de verdade e não faz questão alguma de tentar mudar a situação, pobre, todo esquecido. Por que Deus nos criou à sua imagem e semelhança?

— Para nos conceder a nós algo de divino?

— Não! Para ter um espelho! Para ter como enxergar seu reflexo, um narciso a afogar-se em si mesmo, em sua própria incompreensão. Como ele haveria de ser Deus se não existíssemos para confirmar a ele que ele o é?

Tato calado significa que está pensando, tentando recuperar na memória as coisas que divide com a sua experiência de mundo. Ele apenas fala quando aquilo que há para ser dito não pode permanecer preso a colorir seus dogmas da vida.

— Não suporto esse vazio no qual você me deixa...

— Posso imaginar seu olhar para mim neste momento.

— Tenho certeza de que pode. Não foi a primeira vez e não será a última.

— Não, não é o mesmo olhar de sempre quando você está irritado comigo.

— E qual é então?

— É este olhar que surge de um gostar com osteoporose, tentando me mostrar que vê mais força do que realmente existe em mim, como se eu não a conseguisse ver, porque de alguma maneira me mantenho a acreditar que não sou homem de seguir adiante. Eu não valho a pena! O olhar de quem deseja que eu encontre a Deus como a salvação para uma vida eterna, a me proteger da morte, porque tudo tem solução desde que se acredite nela.

— Meu amor, eu sou seu e você é meu. Se você não acredita, então confia em mim, que acredito. Confia em mim! Não quis e não quero ferir ainda mais aquilo que já lhe provoca dor o bastante para lhe afastar de mim.

— Agradeço a sorte de ter você ao meu lado, Tato, mas é impossível viver a vida aos olhos de outra pessoa. Talvez quem entenda isso o mais cedo no mundo sejam as mães, ainda que não tenham consciência disso.

— Você acha que sua mãe tem consciência disso?

— Acredito que sim, falamos disso mais cedo. O que sou eu senão um fantasma que assombra a cabeça de minha mãe?

— Um fantasma?

— Claro! Eu não sou nem a terça parte do que ela gostaria que eu vivesse pelos olhos dela. Talvez ela tenha se resignado a saber que é óbvio que o cachorro da vizinha, a mulher sem cabelos que espanta pássaros da janela e a enfisema no pulmão de alguém nesta cidade respiram um ar muito melhor do que esse que respira a vida que ela pensa ter me dado em comparação com a vida que carrego exatamente como é. Não é culpa dela, mas ela acha que é.

— Eu preferiria que você, com raiva, viesse ter comigo e me agredisse, me violentasse. No entanto, a apatia com a qual você fala sobre seu desejo de morte é assustadora.

— Estou cansado de reprimir esse desejo, de mentir dizendo que gosto que sejam ternos comigo, que me tratem como príncipe, rei, porque não, não é assim. Você sabe que, quando se vaga pelo Inferno, o Paraíso está longe da mão pesada, em sentir a pele ardendo.

— Talvez eu tenha mesmo uma parcela de culpa nessa nossa história.

— Mas o que importaria?

— Eu não deveria ter me apaixonado por você, deveria ter aceitado que você só desejava mesmo era que sua roupa estivesse limpa e sua casa arrumada, suas cuecas e panelas esperando com ansiedade o dia em que a morte viesse.

— Mesmo com esse sentimento, Tato, eu jamais poderia ter vivido com alguém que não estivesse apaixonado por mim, porque isso excluiria o fato de que eu também não estaria apaixonado por você. Fosse assim, eu já teria me matado antes. Não o fiz porque o que eu sentia por você me prometeu dias melhores e eu acreditei.

— Sentia? Não sente mais?

— Sinto o que eu sentia, porque é o que eu me lembro. É um sentimento que não consigo atualizar como tantos outros, porque tem o lugar coberto pelo kudzu que envolve todas as coisas, a ferrugem da angústia, o abraço impossível da serpente. O que eu sentia ainda está gravado aqui como memória, como um parágrafo bem escrito de um livro que amamos e que, quando o recitamos, podemos até lembrar das palavras exatas, da pontuação e até um pouco daquilo que nos provoca, mas jamais como foi no nascimento do sentimento.

Tato se levanta, posso sentir, ouvir. Não sei se ele sai ou se apenas caminha de um lado para o outro. Há o papagaio da vizinha que grita ao longe, o farfalhar das palmeiras no vento, o barulho do ônibus que desce pela nossa rua, os pássaros que vêm e vão. Minha mãe, ainda na cozinha, não faz barulho, assim como tentou segurar o choro quando esteve aqui mais cedo.

Então a voz dele, agora um tanto distante, numa posição de poder, já que ele está de pé e eu deitado, paralisado e cego, contorna todos os outros ruídos.

— Eu perco o controle das minhas atitudes desde o dia em que lhe conheci, meu querido. Amar, para mim, foi a verbalização do sangue que eu lhe daria se você precisasse, dos planos que fizemos, da possibilidade de termos um filho, nosso filho, a quem educaríamos para que também lhe amasse sobre todas as coisas, a quem eu diria que lhe respeitasse mais do que a qualquer um, mais do que a mim e a nossa história juntos. Então, meu amor, sinto muito. Eu não consigo matar tudo isso na ponta do seu desejo de morrer.

— Tudo bem, Tato, não posso lhe obrigar e já lhe disse que não lhe amarei menos por isso. Se você quiser me manter aqui, vivo, mas sem condições de viver, sem ninguém para me ajudar que não seja você mesmo, do jeitinho que você quer, Tato, somente nós dois e a dor que em nada se compara à frieza distribuída pela minha pele, você está no seu direito, assim como eu no meu dever de aceitar como alguém que depende de você.

— Não transforme nossa história em direitos e deveres, por favor. Não me ofenda.

— Desculpe, não quero e nem vou lhe ofender.

Ele pisa firme o chão.

— Antes de você sair, Tato, você pode, por favor, me dar um cigarro?

— Você não deveria fumar.

— Eu também não deveria viver e eis-me aqui.

Tato coloca um cigarro na minha boca. Devoro mentolados ou de baunilha, morenos, sem garfo, sem faca, mordiscando vez ou outra o filtro para rolá-lo na boca, falando coisas que tão poucas vezes ouvi na vida — se ouvi! — sem especial atenção ao humor de Tato, que só poderá sair quando eu terminar de encher o peito de fumaça, sentir a nicotina entrando na corrente sanguínea, acelerando a vontade de defecar, pensando nos trabalhadores que, agora, estão cuidando de calçadas, postes, ramas secas que descem o barranco no sonho dos pés no chão.

— Tato, me sujei.

— OK, vou limpar você e trocar sua roupa — responde tentando não deixar aparecer a raiva, a tristeza, a vontade de chorar.

Não faço de propósito, como garantindo que o propósito de Tato se materialize, sem querer magoá-lo, mas deixando bastante claro que o mundo, comigo, é pior. E quanto mais ele faz e menos reclama, mais o fundo em mim se cava com o rabo da serpente, com a raiz da parasita que recobre o ser. Elevado a uma potência absoluta, tão voraz quanto o choque, é como admitir que gestos de carinho me desestabilizam, me aniquilam, me desequilibram para que eu me pareça melhor aos olhos Tato, bonito, cheio de viço, sendo moldado entre seus dedos em uma carcaça que me sufoca, mas que é minha. Num amor que me aprisiona enquanto tenta me libertar.

Algum dia nós pensamos em ter crianças pela casa, quarentenas, reuniões de escola e talvez até precisássemos voltar ao colégio para poder ensiná-las. Entretanto, eu queria mesmo era me esconder na cova, rever todo o caminho, pois eu já não sei qual é a cor da minha voz.

Enquanto me limpava e me trocava, apenas ouvia o ruído do dia. Muito pouco o que sobrou do tom Tato e que me faz, como sempre, acreditar que palavras dele são apenas para mim, mas sabendo, na dieta do meu coração, que possivelmente Tato fala como quem padece da crueldade e da pouca beleza que existe em alguém que está doente de amor. Como ele. Por nós.

24.

— Mãe, eu preciso que escreva uma carta ao Tato.

— Meu filho, mas você não pode apenas dizer a ele o que precisa ser dito?

— É para que ele leia quando eu já estiver morto.

— Eu ouvi a conversa entre vocês, sinto muito...

— Não tem problema. Não há nada do que foi dito para ele que você também não pudesse ou devesse ouvir.

— Não é justo o que você pediu a ele, meu filho.

— Talvez não seja mesmo, mãe, mas também não é justo que eu siga vivendo como estou vivendo. Não é justo que eu esteja preso a essa cama sem a possibilidade de fazer eu mesmo o que eu deveria.

— Não sei o que é mais difícil ouvir: se é você pedir a Tato que lhe mate ou ter a certeza de que você mesmo o faria se pudesse.

— É tudo a mesma coisa.

— Não é, meu filho. Pedir a alguém que cometa um crime é pior do que cometê-lo por si mesmo.

— É um crime só diante da legislação, mãe. Mas estou consentindo. Estou implorando. Não há nenhum dilema ético aqui, porque há o desejo, há a entrega voluntária. Qual a diferença entre dar um remédio a quem está doente ou conceder o desejo de morte a quem não quer viver?

— A vida, filho. Quando se dá o remédio, você está mantendo a vida.

— O problema é continuarmos achando que viver é apenas estar com olhos abertos, presentes na mesma dimensão tempo e espaço. Como se pode garantir que aquilo que existe depois de morrer também não é vida?

— Se não houver nada depois de morrer?

— Mesmo que não haja nada do qual possamos tomar consciência, haverá pelo menos uma paz que hoje não existe, haverá o descanso que hoje não existe. Você acredita em Deus, então haverá Deus. Eu acredito no sossego, então haverá sossego.

Minha mãe beija o ar e sua voz se prepara para contar-me sobre coisas que tenham olhos. Em todo ser humano há palavras que não são ditas, mas que, se não riem, sussurram: não posso, não espere, sabemos; prepare seu tempo, lave o sal dos olhos para quando o desgosto vier acompanhado da preguiça da vida, fotografe e pense.

— Entre você e seu irmão, eu tive um outro filho, que chegou a nascer e morreu três dias depois enquanto eu o amamentava. Engasgou-se com o leite e eu não percebi. Então eu sei o que é carregar o peso da morte de alguém e digo que Tato não aguentaria.

— Nunca soube disso, mãe. Por que nunca disse?

— E por que deveria ter dito? Você o conheceu, mas tinha quase dois anos, então não se lembra. Não precisaria carregar também mais essa história. Assim como a sua história também é sua e você a carrega sozinho.

— Eu poderia ter feito alguma coisa para ajudar, mãe.

— Mas não é exatamente isso que você está negando ao Tato? A possibilidade de ele ajudá-lo dentro das possibilidades dele?

— Sim, de certa forma. Mas seu filho não pediu nada a você. Não houve consentimento. Eu estou dando consentimento ao Tato.

— Como não houve consentimento com seu irmão?

— Ele não deu permissão para morrer.

— Como você sabe?

— A quem ele daria? Ele não deu a você.

— Ele morreu enquanto eu acreditava estar dando vida a ele, enquanto eu o alimentava. Ele pode ter dado consentimento a Deus e, logo, a mim também para seguir sem ele.

— Mãe, Deus não existe.

— Deus não existe para você, meu filho! Mas, para mim, ele existe. No meu caso, para lidar com a perda deste filho, eu fui obrigada a entender que não depende apenas de mim. Você não tem Deus, então enxerga apenas a si mesmo como solução. O seu consentimento a Tato significa você assumindo, para você mesmo, o que Deus foi para mim em relação à morte do seu irmão.

— Eu não quero ser Deus.

— Não disse que você era.

— Eu não quero mais sofrer, mãe.

— Eu sei, meu filho. Não entendo o que você passa e não sinto o que você sente, mas sinto você ainda como se estivesse aqui em mim, como se estivesse em minha barriga, e sei que você não está bem, sei que está cansado e, veja só, a situação física em que eu lhe encontro agora.

— Não tenho mais como acreditar que posso melhorar.

— Meu amor, quando seu irmão estava mamando no meu peito, segundos antes de engasgar-se, ele me olhou. Lá estavam aqueles olhos que nunca esqueci, cravados nos meus. Não tinham súplica, não tinham dor, apenas presença. Eles me olhavam e eu olhava para eles. Naquele momento, toda a vida que havia nele entrou em mim, do mesmo jeito que eu lhe dei ao gestá-lo. Até que só tinha ausência. Claro que não pensava que ele fosse morrer, mas eu entendi que mesmo um pequeno bebê tem um universo dentro de si. Quando cheguei hoje aqui, a primeira coisa que fiz foi olhar seus olhos cegos e, posso lhe afirmar, eu não vi diferença alguma entre o seu olhar de hoje e o olhar que você me deu na última vez que nos vimos. Não consegui ver o universo dentro de você, meu amor. Como mãe, eu já sei que você não é mais você há muito tempo. É claro que eu ainda tenho esperanças de recuperá-lo, mas eu preciso entender que você sabe melhor do que eu. Eu não quero ser egoísta desejando que você fique só para o meu prazer em ver seu sofrimento.

— Me ajuda a escrever a carta para Tato?

— Onde tem papel e caneta?

— Na gaveta da escrivaninha ali do lado da janela.

"Tato,

Amanhã será um dia igual a ontem e nós dois já não podemos mudar isso, creio que por falta de perspectivas em relação a mim. A depressão me deixa muito preguiçoso para desfrutar dessa agonia que vivemos.

Você não precisará responder a esta carta, afagos verbais não ajudariam. O carinho desestabiliza ainda mais. É melhor que você me trate sempre com a frieza dos tempos em que não nos conhecíamos. Havia, pois, cores, calores — ainda que eu pensasse neles apenas quando quisesse. E o desejo eu prendia numa página qualquer, num filme que encontrasse às três da tarde, na imaginação de um sorriso como o seu, numa forma de bolo.

Entretanto, você não é qualquer coisa que eu pudesse misturar com farinha. Você é essa massa que eu mesmo decidi bater numa tarde dessas de novembro, anos atrás, depois de ter pré-aquecido o forno mais tempo que o devido, e que cresceu, mas sabendo que eu estava totalmente embatumado.

Eu sou nada mais que um produto de sua insistência, dos planos para nós dois, grandes o bastante para encaixá-los em nossa rotina. Eu vi todo o seu amor. À minha maneira, também lhe dei tudo o que tinha e conseguia dar. Fique tranquilo, a culpa não é sua.

Eu não quero mais. Não tenho condições para seguir. A ideia de continuar a lhe ferir deteriora o que ainda sobra de mim em mim. Você deve e terá a chance de voltar a ser curioso em relação à vida e não conviver com a morte. Eu venho, publicamente, transformando-lhe em uma camiseta rasgada, sim, dessas que seguimos vestindo antes de dormir em noites assombradas, porque precisamos deste conforto.

Como os trens e os fantasmas que um dia simplesmente perdem a graça, pegamo-nos, nesta etapa da vida, num passeio qualquer abrindo uma lesão profunda de uma música entoada pelo artista da rua ou na porta de um restaurante sem importância. Este é o momento correto para nos despedirmos. Paciência. Comigo e consigo.

Por isso, escrevo-lhe agora, antes que desafinemos nosso silêncio, porque sim, é necessário: sou muito agradecido por ter me amado e por ter aceitado o amor que eu lhe dei, ainda que fosse bem menos e muito mais feio do que aquele que recebi.

Se, todavia, você por um segundo sentir que estamos perdendo algo, desvie-se, pois não estamos. Temos ainda o contrário adiante, um caminho sem ramos daquele desconforto ao qual sempre queremos nos entregar quando parecemos lutar por algo morto.

E se você, por qualquer razão, julgar que foi mais difícil para você ler estas palavras do que foi para mim escrevê-las, não se engane: mesmo que você jamais me esqueça e eu, ao morrer, não terei mais você comigo, não seguirei sem antes ter vivido a dose que a mim cabe de nossa saudade.

A felicidade não sou eu. A felicidade é o caminho sem mim.

Com tudo aquilo que ainda me resta e que chama pelo seu nome,

F."

— Uff, meu filho... Eu me mataria também se recebesse essa carta...

— É uma decisão que lhe cabe tomar, desde que não seja pela carta.

— O que você quer que eu faça com ela?

— Guarde-a e entregue-a quando eu já não mais estiver.

— Ele ficará com raiva de mim!

— Talvez, mãe, mas Tato tem direito a sentir essa raiva. Uma hora a raiva passa.

— É, pode ser. Eu queria que ele soubesse que ele tem a mim também.

— Ele sabe. Você não está aqui só por minha causa. Até onde eu sei, ele não ligou para a mãe dele ainda e ela não está aqui agora, não é mesmo? Então, fique também tranquila, mãe. A culpa também não é sua.

— Eu estou com sede, você também?

— Sim, mãe, eu também. Queria tomar aquela água benta da vovó.

25.

Não sei se todos conseguem, mas é possível perceber quando anoitece além obviedade da diminuição da luz. Dependemos muito de nossos olhos. Quando os fechamos, damos espaço para notar outras coisas que indicam quando o dia acaba.

Quando a luz se apaga, tudo o que há respira na paz do espírito do somente existir. Como a madeira, que estrala cansada de fingir que não é madeira, mas mesa, cadeira, o que lhe dissermos que seja. Há, no escuro, certa liberdade que destitui das grades e das paredes, das taramelas, dos ganchos de rede, a cruel solidez de serem servos de nossa infinda carência.

Quando a luz se apaga, posso despir-me de mim. Acredito que você também, meu caro leitor. Deitar-me no vazio da hora, recobrar a verdade do caminho que chora como rio banhado pela lua, enquanto, na mata, esquecendo-se do dia, a coruja pia sabendo-se coruja. Na cidade, por outro lado, não há mata. As corujas se convertem em muitos insones que encaram o porvir com a ansiedade das cobranças.

Assim que o anoitecer começa, ouve-se nos apartamentos vizinhos a movimentação de uma vida escondida, que se mostra pelo ruído de um aspirador de pó, pelo cheiro de café que atravessa as buzinas dos carros, os animais que se acalmam depois que seus donos chegam. Alguém liga o som com uma música da qual, quem ouve, provavelmente sentira falta durante o dia gasto no trabalho.

O cansaço faz-se entender no abraço dos sofás. Há uma suspensão breve do tempo, como se houvesse uma transição entre o tempo da rua e o tempo de casa. Por alguns minutos, o silêncio é sepulcral. Ele desce em todos os lares para prepará-los para o reencontro. É uma antecipação de vida que, gratuitamente, rejuvenesce as relações estabelecidas. Casais, que talvez estivessem brigados, têm a chance de se cumprimentarem e reavaliarem seus sentimentos. Pais e Mães, que angustiados com a situação escolar dos filhos, podem perguntar sobre o dia e participar um pouco que seja da construção de novos dias.

Aqui em casa, enquanto estou deitado nesta cama, sentindo o cheiro do lençol que Tato havia trocado há um par de horas, sinto na minha própria escuridão o cair da tarde, sem precisar vê-lo, sem precisar ouvi-lo. Sem precisar tocá-lo. Sinto o cheiro das árvores e o vento morno da tarde entrar pelo quarto. Uma televisão está ligada em algum lugar e um vizinho treina as escalas com sua voz de barítono espanhol. Ele poderia ler notícias, se notícias fossem para serem lidas com um tom de quem eleva o espírito.

Tato não voltou ao quarto e minha mãe foi buscar água para que eu bebesse, sem ainda ter retornado. Tenho sede, mas isso não me importa tanto agora. Estou entregue aos suspiros que meu pequeno ser, o que ainda sobra não tão adoecido, pede em socorro sem que haja muito o que eu possa fazer por ele. Tenho vontade de abrir a boca e deixar que saia, deixar que fuja para outro corpo, que tenha chance de acreditar em si mesmo.

Um dia, acorda-se para a vida sabendo-se morrer, a sentir imensa saudade de rir até engasgar-se, tossir, lembrar-se da presença do vento, o corpo em movimento, e a alma a minguar como olhos a dormir sentados no lamento do tempo resguardado, nos aposentos dos desejos de sonhar uma e outra vez, outra vez, outra vez.

Sente-se falta de ataques inexplicáveis de felicidade, como se asma, que não se pode evitar, mas que segue sendo doença que mata lento, enquanto o corpo definha, envenenando-se do mesmo ar que o mantém aceso a se despedir do espírito que, pois de chorar, se cansa da noite, porque ela amanhece.

A víbora está ali, me encarando. Serpenteia por cada dobra de meu cérebro descamando memórias, sufocando com seu abraço mortal os detalhes que fazem especiais os dias que ainda merecem ser lembrados. Se tento escapar para a ponta de um dedo no pé, ela lá estará em busca de explicações.

— Aonde você vai?

— Explorar regiões onde ninguém nunca esteve.

— Você até pode ir sem mim, mas levará uma muda de nossa planta para cravar na terra, colonizar o espaço, demarcar com a bandeira da conquista o futuro.

— Eu gostaria de ir sozinho.

— Só comigo você existe.

— Por que é que você nunca me atacou?

— Por que é que eu precisaria? Minha presença já não basta para você saber do perigo?

— Sim. No entanto, de certa forma, acostuma-se com o perigo. Sei que ele existe, tenho a consciência do seu olhar, mas sei que não vai me atacar. Não tenho medo de que me ataque, porque entendi que seu propósito não é acabar com tudo, mas aproveitar-se do que existe entre ossos, entre veias, entre sentimentos. Se morro, você morre também.

— Oras, você sempre tem razão.

— Não é a razão que eu quero ter. Quero recobrar os meus sentimentos.

— Tudo o que já toquei, tudo o que existe está coberto pelas ramas de um verde escuro, que seguram os seus cacos e lhe mantêm em pé. Se você ainda está aqui é porque permitimos. Sim, se você morrer, também morremos. Razão pela qual você está paralisado e cego. Tudo o que há para enxergar deverá ser visto por meio de meus olhos. Nunca durmo, não descanso. Pela fenda do tempo que tenho na íris, você tem o privilégio de saber que amanhã será como hoje, só que amanhã.

— Como se eu devesse agradecê-la...

— Não precisa. É uma construção conjunta.

Uma colher que cai no chão me recupera para o mundo externo. Ouço uma discussão que me parece vir da cozinha. Não entendo o que dizem, porque tentam regular o volume com a finalidade de que não atravesse sala e corredor. Seja lá o que eu não devo saber, não sei, mas não podem me impedir de entender que há uma altercação. Chamaria de briga, mas talvez não o seja. Uma colher no chão não pode ser resultado de uma briga. Aceitaria um copo na parede, um grito, portas que se batem como evidência.

O gato sobe na cama e vem até meu rosto. O bigode toca minha narina, que coça. Tento conversar com ele e ele, claro, não responde. Mas esfrega sua cabeça em minha bochecha, como se me pedisse para não o esquecer. Sobe no meu peito e se deita. Não sei se com focinho ou se com rabo em direção ao meu rosto, mas gosto de pensar que ele está me olhando, como se enxergasse dentro de mim e quisesse, como costuma fazer com as lagartixas, segurar a serpente pelo rabo e brincar com ela antes de matá-la. Sinto muito, pequeno, com essa você não conseguirá brincar.

O peso dele em meu peito não me incomoda. Sinto o ronronar e as vibrações entrarem pelos meus órgãos, como se fossem um desfibrilador bastante delicado mandando sinais para que o coração volte a pulsar, volte a jorrar sangue para os lugares onde estão, agora, as raízes do kudzu, fortes e intransponíveis, a alimentarem-se de tudo o que é vida. Ou talvez, como nos golfinhos, o gato tenha ativado seu sonar em busca de mim dentro de mim mesmo. Quem sabe queira descobrir algo que nenhum de nós saibamos, soltar as garras, abrir o peito e, com a pata, buscar entre uma carne e outra, os ovos postos pela serpente como precaução. Talvez nem seja a serpente de sempre. Talvez elas vivam apenas vinte e quatro horas, quando nasce outra igual e assim elas vão se perpetuando.

Os antidepressivos conseguem matar alguns dos ovos, mas eles persistem. Como em todo momento na história da seleção natural, os mais fracos são combatidos para que os melhores prossigam na perpetuação da espécie. Não sei se a depressão sempre existiu, mas houve em algum momento a passagem de um ovo de fora para dentro, trazendo não apenas o embrião da víbora, mas também as sementes daquilo que sufoca, daquilo que cresce de forma lenta, mas potente. A manta vai se costurando sem que tenhamos ciência dela até que, quando percebemos, já estamos fracos o bastante para combatê-la ou desfiá-la.

Digo ao gato:

— Quando eu morrer, não quero que respire ares de tristeza e inconformismo, porque concordo com minha prima Ângela Maria que sempre diz que morrer deve de ser coisa boa.

Ele não responde. Mas segue ali.

— Se quiser chorar, não vou me importar, está bem? Também não precisa me velar e nem esperar de volta. Você não me verá cercado de flores, mas pode ter certeza de que uma delas vou chamar com teu nome só para sentir você perto outra vez.

Eu me sentiria ridículo com este diálogo, mas vou seguir falando, porque não quero ir-me e deixá-lo perdido no vazio da minha voz.

— Eu não vou estar em lugar nenhum, mas a vovó acredita em Deus e que vou para o Céu. Então você pode acreditar nela, se quiser, porque dessa forma eu estarei, lá de cima, fazendo lobby junto ao responsável pela iluminação, para que esteja um dia de sol brando. Assim você pode se deitar lá na sala e me sentir no quentinho do seu pelo.

Junto com o perfume de minha mãe, que chega antes dela em qualquer ambiente, meu gato pula do meu peito e some. Não havia mais o que ser dito. Não foram as palavras que disseram, mas tudo o que ele encontrou com o sonar ligado, com o retorno daquilo que as vibrações encontraram dentro.

— Meu filho, eu trouxe sua água. Não é exatamente a água da vovó, mas preciso que você a beba toda, está bem?

— Você precisa me ajudar, mãe.

— Eu já estou lhe ajudando, meu amor.

Minha mãe segura minha cabeça. Tenta começar a me dar água, mas muda de ideia.

— Você se importa se eu me sentar atrás de você e colocar você repousando no meu colo? Quero sentir você como se você fosse bebê outra vez.

— Claro que não. Talvez você precise chamar Tato para lhe ajudar.

— Eu já estou aqui, meu amor.

— Desculpe, vida, eu não o tinha percebido aí.

— Tudo bem, sua mãe e eu tivemos uma conversa bastante acalorada na cozinha, mas já está tudo bem.

— Sobre o que vocês discutiram? — pergunto enquanto, com a mão, Tato me segura e minha mãe se esgueira para debaixo de mim, sentando-se com as pernas acomodadas ao lado do meu corpo e os braços ao redor dos meus ombros. Sinto o rosto dela escorado no meu. Enquanto ela afaga meu cabelo com uma mão, descendo pela minha bochecha até o queixo, fazendo uma conchinha para que a água não escorra no meu pijama.

— Nada demais. Sua mãe e eu temos visões semelhantes sobre a vida, mas uma flexibilidade imensa quando o assunto é você.

— Vamos, meu filho, toma sua água.

Então, com o copo em minha boca, eu ouço a respiração de minha mãe em meu pescoço. O ar quente que lhe sai do corpo esquenta o meu entardecer, como se houvesse sol dentro do meu quarto, como se eu pudesse tocar no amarelo ouro da tarde, como se eu pudesse enxergar ao longe o horizonte de nossa cidade, quando, às cinco e meia da tarde, eu virava a esquina para entrar em nossa rua, vindo da escola, sentindo o cheiro de lenha queimada nos fogões da redondeza, eu via o sol alaranjar-se rumo à noite.

Peço para respirar um pouco, porque é muita água. Imagino ser um copo longo, daqueles que Tato e eu compramos para fazer coquetéis em tardes como essa, cercados de pessoas amorosas que são capazes de entrar em nossa alma, nem que seja por um milésimo de segundo, e segurar o pequeno ser que ainda se dá por mim nos braços. A água tem um sabor amargo, que assumo ser algum remédio que queriam que eu tomasse na expectativa de melhorar, na busca pelos movimentos, pelos olhos que enxergassem novamente, ainda que neles nada se pudesse ver.

Minha mãe cantarola. Entre uma estrofe e outra da canção que ela solfeja, ouço:

— Mamãe vai tomar conta de você até que isso se acabe, está bem? Não tenha medo.

A cadeira se arrasta e sinto Tato ao lado, me vigiando. A mão dele limpa meu lábio inferior, como sempre fez desde o dia em que nos conhecemos.

— Será que, mesmo diante de tudo isso, conseguimos arrancar um sorriso de você?

— Sorrir nunca foi um problema, meu amor. Para você, eu sorri tudo o que tinha reservado para erguê-lo e mantê-lo.

— Não fique chateado comigo por não conseguir fazer o que você me pediu...

— Não estou, Tato. Não estou! Nunca estive chateado contigo.

Então, com uma voz de quem embala um bebê de três dias de idade, minha mãe também fala:

— Não fique chateado com a mamãe por conseguir fazer o que você pediu ao Tato... Eu já sei carregar essa dor, meu filho. Eu só quero que você seja feliz.

A noite então cai sobre mim, assim como fios de cabelo em meu peito. Sinto que Tato veio deitar-se ao meu lado, no desjeito encantador tão característico dele. Ali, sentindo a água assentar em mim como massagem num dorso cansado, misturo saudade e dor, e deixo-me ficar estático, pálido diante da profusão de traços distintos, que fazem de mim um ponto distante do que sou hoje, este infinito promissor de fim.

Da única coisa pela qual me ressinto da paralisia e da cegueira é não poder abraçar e ver os dois ali, deitados comigo, como se me ficasse eterno na distância do afeto, desvendando em meu corpo o subterrâneo disto que já está emerso e que não entendem, mas cujo esforço de compreender me enternece. Gostaria de poder decifrar a languidez do olhar nestas duas faces que coram à medida em que o mundo gira para mim, ainda que permaneçamos aqui parados, despreocupados de nós três.

Minha mãe me segura com uma força um pouco além da necessária, mas não me incomodo. Que ela me abrace o mais forte que puder, que ajude a sufocar a víbora com um abraço de sucuri, que asfixie as raízes do que cresceu por tanto tempo. Que segure minha boca para que nada vaze de dentro de mim. Tato beija o lóbulo da minha orelha e me viro para encontrar seu rosto.

— Foi com um beijo que me mostrei para você há tantos anos, com vontade faceira de quebrar o silêncio e deixar que sussurros abandonassem a discrição do crepúsculo de sua boca, gritando pela sua existência em meus rijos músculos.

— Você ainda se lembra deste poema que eu lhe escrevi, Tato...

— Eu me lembro de todos os dias em que vivi ao seu lado. Posso até esquecer alguns deles quando estiver mais velho, mas pode ter certeza de que uma hora vou lhe encontrar de novo.

E como preenchimento dessa lacuna que nos devolve ao aconchego da noite, manto de quem sobrevive às friezas, surge o dia com sua alvura amarga, prometendo banho, mesa e cama, e escondendo deste ardor suas próprias adagas e açoites.

Lutamos pelo fim desta multa imprudente chamada vida, quando se chega ao anúncio de um novo começo. Não mais preso e menos indefeso, sem culpa alguma. A última coisa que o leitor saberá de mim é o que escutei por último na voz de minha mãe:

— Fala para o seu irmão que a mamãe disse oi, está bem?

EPÍLOGO

"Meu amor,

Acabo de ler sua carta. Se você estivesse vivo, eu provavelmente pediria o divórcio, pois talvez tenha sido a maior bobagem que você já tenha me escrito. Reconheço a letra da sua mãe. Perguntei a ela se, em algum momento, pensou em escrever outras coisas que não as que você ditava. Ela me garantiu que não, apenas transcreveu o que você tinha a me dizer.

No entanto, não tenho o direito de sentir raiva de você e nem do que está escrito. Sem você, entendo o que eu já sabia, mas agora com frescor do futuro, de onde complemento o que você escreveu: é cruel ter que matá-lo uma segunda vez. Tudo o que vejo hoje, em nosso apartamento, grita e me agride com diversos golpes em meu rosto. O travesseiro, em nossa cama, me sufoca e eu já não consigo dormir lá. Tenho me deitado sempre no sofá da sala, olhando para a televisão e para a nossa fotografia que está na estante.

É impossível não ter grandes expectativas de que um dia voltaremos a nos ver, mas acho que você já não está mais aqui para me ouvir dizê-lo. Cada pensamento meu badala um sino. Em mim, como nas igrejas, pombos se revoltam e voam e voltam — alguns, apenas — aos seus lugares. De repente, penso em outros amarelos, tijolos de um lugar que só eu sei que existe e visito. Quando lhe imagino, suas dobras, suas veias, meus apegos, seus arpejos, é como se alguém num apartamento ao lado começasse a escutar nossa música no volume mais alto e, de repente, não fizesse calor.

Você, meu amado, é as ruas do novo mundo; os meus dias mais longos; o banzo. Sinto falta de lhe falar, de ouvir suas entranhas, o seu estômago pedindo mais, ordenando que me coma, que me destroce, me saboreie em horas lentas, cobertas de calda, e o ranço da distância bailando, bailando, bailando num relógio sem pilhas.

Eternamente, 17h43. A hora de quando entramos na vida um do outro. Mas o relógio caminha e eu me lembro das 19h17, com sua mãe lhe acolhendo no colo e eu deitado ao seu lado, monitorando seu peito, sua respiração, até que ela parasse como você tanto pediu e queria. Nós ficamos apenas sentados. O mundo sintonizado numa rádio com músicas de consultório. Sofremos de inanição, ainda que sempre esperando uma atitude do agora: escutar seus pássaros mais exaltados.

Tenho saudades de ver você florescer um dia e ser desfolhado no outro. Desde a última estação, me senti estrangeiro — como se nada — nesse país que é você. Talvez quando eu mais começava a me sentir em casa. Eu agora entendo, claro, a liberdade que buscava. Não me peça o equilíbrio. Não exija. Meu amor não é condição.

Foi por ele que pensei bastante em como deveria lhe falar nesta mensagem. Mas o óbvio era não ignorar nosso idioma. Ainda tenho esperanças de que você o compreenda. Porque, quando em penso em você, não me controlo. Coro. Sou apenas dois pontos vermelhos de timidez diante de um espelho arranhado pelas garras de todas as manhãs, tristes, no voo de borboletas por um submundo em que você me deixou a vagar.

Desde então, quero cartões-postais de cada relevo dessa vida. Se você voltar, sorrirei com todas as memórias dessa caixa de compensado na qual se transformou meu coração. Chove muito aqui dentro. E a expectativa, claro, do paraíso, maior não há.

Noite passada, durante uma insônia estacionária, pensei na quantidade de ar que já havia entre o hoje e o nosso último beijo.

Mudo. Sereno. Dialogo contigo, sem que saiba. Não quero uma transmissão de pensamento! Não quero lhe oferecer, à mão beijada de um general, as estratégias para provocar meu abandono. Talvez você exista apenas no meu mundo de amoras. Sempre uma sensação de glória.

É como se me satisfizesse uma necessidade de segredo, de privacidade, de exclusividade, já que os dias são sempre inundados por uma onipresença de uma primeira pessoa do plural. Pode ser que eu suscite dores em feridas cicatrizadas, como se, com o dedo, eu cavoucasse a pele, a arrancasse, a sentisse na unha, pelasse o coração como a uma ameixa machucada e, com isso, assumisse um risco que me disponho a correr pensando na qualidade de salvação que, desde o princípio, a possibilidade do seu amor me provocou.

Aqui os dias passam lentos. Outubro é um túnel largo e, veja só, eu que sofro de claustrofobia. No entanto, cada vez mais me aproximo do outro lado, do dia de continuar, do dia de terminar, ter você de volta me dando todas as coisas que, saiba, o mundo esteve longe de me dar.

O desejo pelo seu corpo vive em uma casa provinciana baixo o cheiro de lenha queimada. E tenho a impressão de que assim será até que chegue o futuro. Agora, há pouco. Com a facilidade, tenho que dizer, de que receberei as promessas como quem se revolta sob lençóis sujos, amarelados, com o sabor das selvagerias de outros corpos e a fúria da carência acabando com o meu aspecto.

Mas é diante de toda a beleza lírica das suas imagens, colhidas de um vento quente e noturno que sufoca e precisa amadurecer no papel, na fotografia que hei de ver em algum lugar, que deixo de lhe amar para poder adorá-lo no cascalho dos caminhos. Não sei se será possível.

Se lhe busco amiúde em minhas palavras, me preocupo de não lhe encontrar me esperando. Não ao escritor, cuja arte excita, exercita, mas sim àquele que muitas vezes o escritor disfarçou, cobriu com beleza o que de mais doloroso existia no cotidiano.

Fico cabreado com a possibilidade de que esteja ainda a se amargurar de uma maneira degenerativa. Pois saiba que quanto mais você se mata, mas meu coração pede que eu também morra, quando a amargura começa a alimentar-se de si mesma, as paredes descascam e os tetos se deixam roer por ratos.

Querer-lhe nu, um bocadinho mais real, é minha imparcialidade diante da dor, da sua própria. Porque, mesmo se eu não lhe tivesse permitido assim, pouco disposto para minhas urgências, eu sentiria sua falta. Porque seu sangue é essa melancolia de vontades num batuque a lembrar do cheiro da terra revirada por um sorriso que me deu naquele dia na igreja.

Se você não fosse tão cego quanto a uma centopeia, eu cortaria seus cem braços para poder tê-los empalhados em minha estante. Sim, meu amado, as perguntas mais longas são aquelas cujas respostas são as mais imediatas. Muitas vezes — e por consciência — as voltas que damos para chegar ao essencial e nítido são apenas uma maneira masoquista de reconhecer o nosso processo, a forma palpável de nossa ação.

É doloroso? claro. Imaginá-lo nessa água pardacenta dos demônios. Porém (e que não nos descubram por mero capricho), a dor também que nos dava, de certa forma, prazer. O sofrimento não. Sabemos, sim, por que choramos e, graças a uma força maior, é isso que nos diferencia e nos dá propriedade para derrubarmos um dia após o outro.

Leões. Rinocerontes. Girafas. Búfalos. Elefantes. *Hippopotamus amphibius*. Arrogante? Muito. Talvez o pior seja desmistificar uma relação, por mais amor que haja, num sentido abrangente e mensurável. Se ver num espelho que não seja um lago narcísico com esperanças a brotarem no barro, por entre os peixes, os feixes de luz, um ato de bravura, jamais heroico.

Desculpe-me se a minha água suja turvou as suas janelas. Quem sabe, por isso, deveria furar meus olhos, deixar que o líquido caia sobre o corte e o cicatrize, meu peito aberto clamando por objetividade, sem jogos, metragens olímpicas nessa maratona que é correr atrás de você sem tê-lo, uma vez sequer, olhando-me atrás. O esforço, a persistência.

Gosto da sinceridade do tempo. Ele é honesto conosco, mesmo que, não raras as vezes, o fitemos com a mesma ânsia com a qual encaramos nossas projeções de futuro e enxergamos o que buscamos ver. A imagem que resulta não é falsa e tampouco autêntica. Também não é verdadeira. Existe apenas diante dos olhos, sem um valor que a realize cá embaixo.

Mas, meu querido, temos o dom de converter tudo isso em poesia. Fomos dois selvagens tentando contornar a maior fraude que existe e nossa selvageria não é engano. A saudade já veio atiçar todas as partes íntimas do corpo.

O fim de semana, toda a limpeza no sábado, foi sem qualquer solavanco. Ligamos para o médico, que nos ajudou com as providências de seu corpo. Você morreu em casa enquanto aguardávamos o socorro, porque tivemos que chamá-lo. Não fizeram perguntas. Não lhe abriram inteiro. Não nos incriminaram. Tudo se alinhou para que fosse do jeito que você desejava.

A solidão, concordo com você, é uma escolha e, ao contrário do que dita o senso comum, muito bonita. Estar sozinho não implica a falta de outros. Você me ama com toda a sua fauna e eu lhe amo com a energia necessária para que uma flor respire e sobreviva às temporadas sem perder jamais a esperança de que estivemos juntos, pois era eu quem deveria estar ao seu lado, ainda que não tenha conseguido matar a sua sede.

Depois de todas as respostas que lhe dei, fico agora na suspensão das minhas perguntas às quais você não responde. Tenho essa vontade absurda de lhe sacudir e atirá-lo numa cama para amá-lo com violência. Logo eu! Que não posso me esquecer de você, todo esse azul enquanto você dorme para sempre.

Depois de todas as respostas que lhe dei tentando evitar o inevitável, me pego sentindo seu gosto na ponta da minha língua. Os dias apenas enfeitam minhas paredes. As manchas do cigarro têm as mesmas memórias do cheiro do café que o vizinho faz toda manhã com esperanças de voltar ileso para casa ao fim de um dia. O papagaio continua gritando e a palmeira chacoalha ao vento, assim como as cortinas continuam dançando.

Eu que quero não podendo querer. O mistério. A minha fé. A vida e a fraude. Eu que não posso querendo poder. Com o infinito em três palavras que guardarei para cozê-las enquanto espero ao lado da fotografia de quem me ama: Turmalina. Tapiz. Faquir. Você é quem dá liga ao meu betume.

Sempre sorri consigo. Você, por incrível que seja (considerando questões como tempo e distância), é aquele que comigo ainda tem mais proximidade. E estive a ponto de sorrir ao me lembrar de sua teimosia. Hoje tenho uma dermatite nervosa e comecei a ler um livro novo. Preciso de um suspiro. As coisas aqui não estão fáceis e cada dia mais é uma luta que não me adianta. Crises nervosas como folhas ao cair de uma árvore.

É urgente viver, porque é virtuoso caminhar submergido nesse lodaçal do dia 21 de setembro. Sem drama, sem superlativos. Viver aquele dia foi uma batalha que, por casualidades, me permitiu sair dela vivo. Mancando, estuprado, mas serenamente vivo. Não sou idiota, especialmente porque sou triste.

Estou no meu limite e daqui estou lhe mandando esta carta com a esperança de que você me diga alguma coisa, por sonho ou psicografia, que me ilumine o limbo e me mostre o trivial da vida para que eu volte a me apaixonar por ele. Estou com raiva. Ódio. Quero enfiar a mão na cara do primeiro que aparecer. Eu, que nunca gritei: quero berrar diante do espelho para ver se o som repinta as paredes lá detrás.

Preciso de sua ajuda. Preciso de um beijo.

Sim, eu vou matá-lo. Pinto sua figura de tênis velhinho e verde, jeans, camisa branca. Cabelo jogadinho de lado e cheiroso. Você me abraça e me deixa beijar o rosto. Mas o silêncio, dizem por aí, é ouro e reluz em mim o entendimento. Ou o oposto. Não há como saber.

Li, hoje, no jornal, o seu horóscopo e talvez tenha entendido o recado. Mesmo porque, como já lhe disse uma vez, sou péssimo em relação às indiretas ou coisas que se aproximam de mim pela tangente. A noite é apenas uma tartaruga lilás virada de barriga para cima.

Então não sei. Se é. Se não é. Se foi. Ou se de novo será. O que assumi da sua literatura foi que o silêncio, a distância, especialmente nesse momento em que nunca estive tão aberto e entregue — pois veja só como é a vida e o quanto gosto de ser estranho — às possibilidades, mesmo sem saber quais são, é que você sabia que eu teria que matá-lo de novo. E como vou fazê-lo?

Por isso, corro agora o risco de ser chato e inconveniente lhe escrevendo essa mensagem — a primeira talvez de uma sequência insistente — para lhe dizer que ainda teremos uma chance. Farei aquilo que você quiser. Mas diga. Escreva. Cante. Tatue. Sei que a situação não lhe oferece nenhuma segurança e tampouco estou em condições de exigir nada. No entanto, já estou envolvido o bastante para afirmar que dói fazer parte de uma dúvida. Não quero lhe perder... ainda que talvez jamais o tenha tido.

A psicanálise ainda me explicará. Cheio de saudades e com todos os beijos do mundo nos lábios prontos para sua pele fria, como o último beijo que lhe dei antes de lhe retirarem do apartamento em um saco plástico, nossos vizinhos todos olhando consternados, na transparência da noite. Eu com um antojo de mágoa, que já passou.

É entre vozes, muitas delas em conversas que nós tivemos, que lhe respondo quase precoce, sem muito compreender minhas reações diante de sua última carta. A vida que não tem cicatrizes não é digna de ser vivida. Não pode ser contada. Minha ressaca moral deve ser vista de outra maneira: fonte de imagens que apenas podem ser vistas por meio das palavras. Sei que parece lírico demais e que talvez a dor provocada ainda não me permita ver o que eu mesmo lhe digo. Creia em mim.

Perder o controle às vezes faz parte da busca de um equilíbrio. Pelo menos na tentativa de manter a ideia de equilíbrio viva, pulsante, gostosa, como um — perdoe-me a ousadia — pau grande, reto, com veias, diante do desejo de tê-lo. A maneira como você me escreveu sua carta é algo que muito me enobrece: seu fluxo de consciência talvez seja, até agora, a mais bela prova de confiança, com vontade de alicerçá-la no poder de ter alguém para quem escrever da maneira mais honesta, independente da forma. Ler seu pensamento é o que hoje me salva.

Ter medo, ao contrário de uma sociedade que apenas valoriza heróis, é bom: dá juízo e nos afasta, por um instante, daquilo que o provoca e nos permite analisá-lo, avaliá-lo e, com uma consciência maior do que temos à frente, afrontá-lo à espada, a fogo, a ferro, a flores, a beijos ou a ocos da indiferença. Cada medo requer uma estratégia diferente. Se é o perigo que me atormenta: paro, vejo, ouço, cheiro e meto a mão, o agarro da maneira mais eficaz.

Mas preciso fazer uma ressalva: [o clichê] preciso ter cuidado com o poder de sedução do medo. Chegará um momento em que, ao invés do juízo, ele me dará anemia. Evito. Nessa hora, abuso daquilo que me alimenta, mesmo que o sangue desça pelos pulsos ou pelas orelhas. Você não mais estará aqui para me fazer os curativos.

Lê-lo é algo que me dá luz. Seu texto e, claro, você desnudo nele é areia branca numa praia deserta. Porque escrever é mais eficaz que um copo com água cheio de remédios, já sabe, mas especialmente porque você escrevendo promove o verão a partir de tudo o que provoca no tempo, no meu tempo.

Tenho me sentido desencontrado. Não me arrependo das decisões, mas tampouco as emolduro e decoro com elas as paredes do nosso quarto, enquanto tento dormir na sala ouvindo a um moço que dá as notícias e, vez ou outra, uma cançãozinha do tempo jamais vivido. Mas, sim, tenho me sentido desvalorizado pelo destino.

Meu sossego realmente acabou. Cavei um momento na balbúrdia inaugurada pela sua morte para lhe responder, porque ainda mantenho certo controle sobre mim, apesar de grande parte estar dominada por aquele que me tornei. Com você, o que ainda resta de mim se deixa ser e não me pergunte que não sei explicar o porquê.

Permita-me: eu nunca disse que você precisava se bastar, pelo menos não com o sentido de necessidade. O que, sim, eu lhe disse e repito: bastar-se é preciso (no sentido de precisão, pontualidade, rigor, exatidão). Sua depressão não o permitiu fazê-lo exato, perfeito, preciso. O que você acharia deste marido que agora anda engarrafando lágrimas para o caso de haver guerra?

Preciso lhe contar que anda nascendo aqui em casa uma planta trepadeira que sobe por todas as coisas. É linda! Tudo o que fica debaixo dela perde a forma, mas quando se olha de longe o manto que recobre a paisagem é possível notar que ela pesa como a falta que você me faz. Do lado da raiz, há um pequeno ovo. Não sei o que sairá de dentro dele quando eclodir para vida. Quem sabe não lhe conto quando nos vermos?

Sua mãe está bem. Nos vemos todas as semanas e jogamos cartas. Ela gosta de fazer trincas de reis, em homenagem aos três filhos. Uma dama que, para não os perder de si, os descarta para que o jogo continue, enquanto bebe no mesmo copo no qual você bebeu sua água.

Hoje espero que sua vida do outro lado lhe embriague, que seus dias lhe penetrem, como o cheiro boêmio que exalam os jasmins quando anunciam a madrugada. Que, por fim, você seja você, do jeito que eu sei que você era.

Aqui, sem você, não há dia.

Sempre seu,

Tato"

FELLIPE FERNANDES F. CARDOSO

nasceu em Goiás. Criança, já se sentia velho. Formou-se jornalista, fez carreira em recursos humanos. Escreve porque a vida é ficção, tem fé na literatura e nas vozes de sua cabeça. Quis ser diretor de cinema, maestro de banda de coreto e dono de boate de rodovia. Vive no Rio de Janeiro com marido, ansiedade, quadros, livros, cachorro e gato. Sonha com aposentadoria.

este livro foi editado

no verão

de 2023